SUOMENLINNA

HÉROES MODERNOS
7

Javier Calvo

Suomenlinna

ALPHA DECAY

CONTENIDO

Here nature's naked

Coil, «The Sea Priestess»

I

EL REGRESO

Una ventisca con visos sospechosamente metafóricos golpea un costado de la casa de la familia Rislakki en Suomenlinna. La casa es una de esas viviendas unifamiliares de madera de dos plantas que abundan en el archipiélago, con desván en buhardilla, porche con columnas y un sótano que por alguna razón es casi más alto que la misma casa. Una de esas casas que la gente de Suomenlinna llama «de estilo ruso». Con dos montañitas de nieve perfectamente simétricas a los lados de la escalera de entrada. Con un adorno navideño consistente en dos ángeles que tocan trompetas simétricas sobre un motivo vegetal estereotipado. A media tarde, el cielo sobre Suomenlinna ya es una masa de nubarrones purpúreos que hacen pensar en pieles de frutas podridas proyectadas sobre una pantalla que ocupa toda la atmósfera. La sirena que anuncia la llegada del ferry de media tarde retumba a lo lejos, a ratos imponiéndose y a ratos mezclándose con el aullido de la ventisca. Y sí, es cierto que empezar la historia en un atardecer de ventisca es un truco narrativo lastimoso que no dice nada bueno del autor de este relato. Un truco equivalente, por ejemplo, a las escenas oníricas ricas en material freudiano o al uso narrativo de aves silvestres para transmitir elementos semióticos asociados al Destino. Y sin embargo, tal como su heroína adolescente no tardará en descubrir con cierta desazón, esta historia funciona *al revés*. No contiene elementos simbólicos. No es ninguna metáfora del mundo. Al contrario: el mundo es una metáfora *de esta historia*. El tren arranca de la estación, como de costumbre, pero la mano que saluda no está dentro sino fuera. El mundo arranca y el tren se queda quieto.

Pegado a la ventana de la sala de estar de la casa de los Rislakki, Mika Rislakki, alias «Mika Pequeño», técnico en limpieza y mantenimiento de instalaciones culturales, empleado desde tiempos inmemoriales en el Museo de Suomenlinna, vigila la carretera que viene del muelle. Su lenguaje corporal es ese que uno asocia fácilmente con los Momentos de Dramatismo Familiar Intenso: la cara ensombrecida por la incertidumbre, los dedos vagamente separados como si sostuvieran el fantasma de un cigarrillo fumado en alguna ocasión intensamente dramática de la juventud ya lejana. Cuando por fin aparece bajo la nieve el resplandor estroboscópico del coche patrulla, el Dramatismo Familiar eclosiona. Mika Pequeño gira sus hombros estrechos hacia la escalera.

–*Mamá* –chilla–. Ya los veo. Vienen por la carretera.

(Mika Pequeño llama «mamá» a su mujer de esa forma en que algunos padres de familia llaman «mamá» a sus esposas. A Mika Pequeño lo llaman así para distinguirlo de su padre, al que llaman Mika Grande.)

–¿Y por dónde demonios habrían de venir? –dice la Madre, bajando las escaleras con pasos temblorosos. Cogiéndose a la barandilla con una mano temblorosa.

Con una Sonrisa de Tipo Nervioso que no consigue disimular su Estado de Angustia Interior.

Eija ha aparecido corriendo procedente de algún lugar de la planta baja y ya está en el recibidor. Mika Grande todavía se está levantando del sofá de delante del televisor. Mika Pequeño ya está abriendo la puerta. Las luces azules y rojas del coche de policía inundan el pasillo. Sus rotaciones entrelazadas se proyectan en las paredes. Por la puerta abierta se cuela una ráfaga de nieve.

La Madre llega al recibidor y se abre paso entre sus familiares. Uno de los policías del coche patrulla sale por la portezuela delantera, rodea el coche y abre la portezuela de atrás. Al cabo de un momento emerge del asiento trasero Mirkka Rislakki, la Adolescente Problemática, con la mirada clavada en el suelo. Con las manos esposadas delante de la cintura. Uno de los policías le ha prestado un anorak oscuro que ahora le cubre parcialmente el uniforme penitenciario de color fosforescente. El mismo uniforme con el que la familia Rislakki se ha acostumbrado a verla durante sus visitas al correccional. El pelo rapado carcelario, tan rubio que solamente se percibe una suave pátina de color plateado sobre el cráneo, también es el que sus parientes se han acostumbrado a ver durante el último año. La forma en que Mirkka escupe sobre la nieve nada más salir del coche patrulla es otro estereotipo carcelario: apartando un poco las manos esposadas a un lado y doblando el cuerpo hacia delante y al lado opuesto. Dejando caer el salivazo sin ruido, con cara inexpresiva.

Las siete figuras permanecen un momento inmóviles bajo la ventisca, ocupando sus lugares respectivos de la composición familiar de la Tarde del Permiso Penitenciario de Navidad. Los dos policías y la Adolescente Problemática al pie de la escalera de la casa, con las botas hundidas en la nieve, uno de los policías sacando el taco de formularios para que el padre de la reclusa firme el permiso penitenciario. Los cuatro miembros restantes de la familia Rislakki en el porche, con distintos grados de congoja emocional; la figura flacucha de la pequeña Eija un poco adelantada al resto y la espalda enorme de Mika Grande un poco más atrás. Por fin un movimiento brusco deshace la composición.

–Oh, por Dios bendito –dice la Madre, bajando de dos en dos las escaleras del porche. Para cuando abraza a su hija, ya está llorando.

Mirkka se deja abrazar, con las manos esposadas pegadas a la entrepierna, apartando un poco la cara para evitar la cara llorosa de su madre. Pese a su componente obvio de sensiblería y sus deficiencias compositivas, la escena del abrazo bajo la nieve alcanza niveles de intensidad dramática familiar bastante satisfactorios para tratarse de Finlandia.

En cuanto la Madre se aparta de ella, Mirkka señala con la cabeza el adorno de Navidad en forma de ángeles con trompetas simétricas que hay encima de la puerta.

–¿Pero qué mierda es eso? –dice. Lo dice con la voz que emplea siempre para manifestar emociones negativas. Una voz grave y desafiante, un par de octavas por debajo de su tono de voz normal. Voz de delincuente de la calle, es como la describe su madre.

Al pie de la escalera, su padre contesta sin levantar la vista del taco de formularios que está rellenando y firmando:

–Se llama Navidad –dice–. La gente normal nos lo pasamos bien en Navidad. Tú no, claro. Seguro que tú preferías quedarte en el correccional.

Mika Pequeño le devuelve el taco de formularios al agente de policía. El policía le quita las esposas a Mirkka, le desea feliz Navidad a la familia Rislakki y regresa a su coche patrulla.

Mirkka abre y cierra las manos varias veces para reactivar la circulación de sus muñecas. Su uniforme penitenciario de color fosforescente parece un uniforme de trabajo normal y corriente, salvo por el color, claro. El pelo al rape, junto con el uniforme y los kilos que ha perdido en el correccional, la han transformado en algo que nadie sabe muy bien cómo *mirar*. En algo que rechaza de plano las antiguas miradas de sus parientes. No es exactamente que su nuevo aspecto le confiera cierta belleza martirológica, aunque el endurecimiento de los rasgos y la desaparición de la grasa corporal indican claramente que Mirkka ha atravesado una Transformación Interior Irreversible. Pero sí hay algo *hermoso* en ella. De pronto Mirkka es hermosa, pero no como ella misma. Basta un solo vistazo para entender que la joven rapada que está de pie bajo la ventisca ya no es la niña de pelo rubio y muy lacio que quemó su ropa en la incineradora, ni tampoco la adolescente con el pelo teñido de negro que robó la pistola de señales del ferry de Suomenlinna. De hecho, si alguna impresión produce la nueva Mirkka, es que la anterior murió y ha sido reemplazada por una impostora no demasiado hábil. Ésa es la impresión que se llevan los miembros de la familia Rislakki la tarde en que Mirkka llega con su Permiso Penitenciario de Navidad a la casa familiar de Suomenlinna: que Mirkka está muerta. Que su hija/nieta/hermana murió hace exactamente un año y que han sido unos ilusos al pensar que volvería a aparecer.

Mirkka vuelve a escupir sobre la nieve que se acumula al pie de la escalera y recoge su macuto penitenciario del suelo. Pasa entre los miembros de su familia y entra en la casa, sin dirigir la palabra a sus padres ni a su hermana ni a su abuelo. Los cuatro miembros de su familia se quedan un momento frente a la casa. Todos tienen nieve en los hombros y en el pelo.

A lo lejos, perdida entre la ventisca y bajo el cielo púrpura de media tarde, la sirena del ferry convoca a todos los pasajeros en el muelle.

2
LA CENA FAMILIAR

La forma en que Mirkka Rislakki está contemplando el interior del armario ropero de su dormitorio, con los brazos en jarras y negando con la cabeza rapada, no parece la forma más ortodoxa de asomarse a esas ventanas al interior del yo que son los armarios roperos abandonados de la preadolescencia. La contemplación vagamente melancólica del yo perdido sin remedio ha sido reemplazada en sus rasgos por el asco evidente hacia lo que hay en el armario. O mejor dicho, hacia lo que *no hay*. El ropero ha sido sistemáticamente purgado de toda la ropa estilo black metal. Las botas de pinchos, las medias de rejilla y los corpiños de látex. Los abrigos de cuero. Los collares y los brazaletes de pinchos. La única ropa que queda en su dormitorio es esa ropa invariablemente embarazosa que uno compra en los primeros estadios de la adolescencia, esos momentos de sorpresa y confusión justo antes de que te disparen con un cañón metafórico a los páramos tóxicos de la vida adulta. Ropa de colores, con mensajes graciosos o bien entusiásticamente atlética. Ropa para celebrar la eclosión de las nuevas partes corporales. Mirkka no se imagina qué debe de haber hecho su madre con toda la ropa que ha desaparecido. Está claro que no era ropa que se pudiera regalar a la familia ni donar a las tiendas de beneficencia. Así que lo más probable es que la haya quemado. Se imagina bastante bien a su madre tirando su ropa a la incineradora del sótano, doblada por la mitad de esa forma en que se dobla para echar las cosas por la portezuela de la incineradora, y probablemente berreando como una vaca mientras lo hace. La ropa, por cierto, no es lo único que ha desaparecido. También se ha esfumado el estuche con el bajo que Mirkka nunca llegó a tocar. Y por supuesto, los dos pósters de la pared, los que iniciaron el cisma familiar, el de la película *The Wicker Man* y el póster del chico muerto con la palabra MAYHEM.

–Tócate los cojones –dice Mirkka, bajándose la cremallera del uniforme penitenciario y empezando a sacarse primero una manga y después la siguiente, sin apartar la vista de la extraña disrupción temporal del ropero purgado.

Y por supuesto, cuando por fin baja al comedor para la Cena Familiar de Nochebuena, se encuentra con el mismo pasmo y la misma sorpresa en las caras de su familia mientras la ven bajar por las escaleras. Vestida con una camiseta del Linnanmäki por debajo de una chaqueta de punto. La disrupción temporal eclosiona en el salón familiar de la casa de Suomenlinna: Mirkka se ha transformado en la chica que era dos años atrás. Antes de que todo empezara. La misma niña corpulenta de cara mofletuda y caderas anchas que acompañaba a su madre de compras por la ciudad y jugaba al hockey en la escuela y llevaba camisetas estúpidas del Linnanmäki.

La familia tarda un segundo en salir de su estupor. Mika Pequeño da una sonora palmada y se frota las palmas de las manos en ese gesto del Lenguaje Universal de Signos de la Gente Cebollina que indica que se acerca un Festín de los Buenos.

–¿Cómo ha ido el Día de los Villancicos, papá? –La Madre se dedica a servir cazos de sopa humeante en los platos de todos. El olor a sopa de pescado extiende sus brazos invisibles. Mirkka lo siente como algo que le pasa las manos por los hombros y trata de abrazarla.

Mika Pequeño se encoge de hombros. Unos hombros que ya son estrechos de por sí. El padre de Mirkka es uno de esos hombres finlandeses muy altos y estrechos de hombros que también tienen una cara extrañamente imberbe y con marcas de viruela. Algo así como un hombre que se hubiera quedado a medio camino de ser una mujer, o tal vez al revés, Mirkka no está segura.

–Ya no es tan divertido desde que Lindelöf se jubiló –Mika Pequeño mira con cara pensativa su cuchara sopera llena de sopa con trozos de pescado–. Ahora el acordeón lo toca Saarinen. El chico que ha entrado nuevo en Adquisiciones. Pero la gente se ha reído mucho. Los niños nos perseguían por Esplanadi.

–Este año papá y sus compañeros se han disfrazado de Los Picapiedra para el Día de los Villancicos –explica Eija, la hija pequeña, sin dirigirse a nadie en particular, aunque es obvio que se está dirigiendo a Mirkka.

–Llevamos leotardos por debajo del disfraz –dice el Padre–. Y botas de piel. Si no, no estaría aquí para contarlo.

A continuación la Cena Familiar de Nochebuena cae en uno de esos silencios amables y vagamente perplejos del pueblo finlandés. La sopa de pescado es comida de forma vagamente reverencial. Las miradas se encuentran de vez en cuando por encima de la sopera, acompañadas de una sonrisa tímida.

–¿Cómo es la cárcel? –pregunta Eija, dirigiéndose por fin a Mirkka.

El silencio cambia de textura. Las caras emergen de la neblina del vapor de pescado, sorprendidas. La Madre se limpia los labios con la servilleta y se queda mirando a su hija.

Mirkka no contesta inmediatamente. Se limita a seguir mirando su plato de sopa con cara de aburrimiento. Por fin se encoge de hombros.

–No está mal –dice–. Nadie te agobia. Nadie te juzga. El gimnasio está bien. Y tienen *rings* para boxear.

En su esquina de la mesa, como un gigantesco animal antediluviano, Mika Grande termina de comer su sopa y parte por la mitad un trozo de pan para rebañar el plato. Un coloso de miembros anquilosados. El abuelo de Mirkka siempre ha sido su miembro favorito de la familia. Grande y robusto como ella y con el pelo pajizo igual que el de ella, como si la naturaleza se hubiese saltado el estúpido paso intermedio de su padre, con su pelo negro y su pecho estrecho. Mika Grande no habla mucho, presuntamente porque se pasó la vida trabajando en plataformas petrolíferas. Pero no hace falta que hable: ella y su abuelo se entienden sin hablar. Mirkka considera que son parientes en un sentido *verdadero* de la palabra.

–Mañana haremos el Día de Navidad de todos los años –dice la Madre–. Por la mañana iremos a Hietaniemi a visitar la tumba de la abuela y por la tarde a comprar regalos al mercado de Esplanadi –hace una pausa, como si pensara la forma más adecuada de continuar. Después, sin mirar a su hija, añade–. Por supuesto, puedes venir con nosotros si te apetece.

Mirkka suelta un soplido de burla. Se trata, por supuesto, de un vestigio de la época de las Cabras del Joulu. Uno de esos soplidos de burla que sugieren un desprecio infinito por tu interlocutor. Ninguno de los que están sentados a la mesa de la Cena Familiar puede pasar por alto la condición vestigial del soplido. Cinco minutos más tarde, la Madre retira los platos de sopa y empieza a servir el asado. El mismo asado de todos los años. Trozos humeantes de carne de reno bañados en una salsa increíblemente espesa y dulzona. Crema en la guarnición. Frutas del bosque. Todo cobra sentido en la repetición. Cada cosa en el sitio donde uno espera encontrarla. El ritmo circular y asombrosamente pesado del retorno anual. Como una criatura que pierde un poco de aplomo cada año. Lo ya vivido lo inunda todo. Todo cobra sentido en la familiaridad. En el fondo de sus mentes, todos los presentes empiezan a experimentar la proximidad ominosa del momento en que Mika Pequeño cuente la historia navideña del Baile del Tronco.

–Cuando yo tenía vuestra edad –Mika Pequeño hace un gesto con el tenedor en dirección a sus dos hijas–, éramos tan pobres que cada Nochebuena después de cenar salíamos a la calle a hacer el Baile del Tronco. No era como ahora. Nuestros padres no nos daban todos los caprichos que queríamos. ¿Os he contado lo del Baile del Tronco?

–Papá –la Madre hace un gesto de fatiga–. Les has contado esa historia *miles* de veces.

–Y se la seguiré contando todos los años. A ver si aprenden algo. El Baile del Tronco se hacía con un tronco, así –imita el gesto de bailar abrazado a algo muy rígido. Con una mueca burlonamente romántica en la cara–. Era un tronco especial, claro. Con unas ramas así, para cogerlo como si tuviera brazos. La gente se partía de risa. Recorríamos toda la isla y nos podíamos sacar trescientos o cuatrocientos marcos en una sola noche.

–Mamá –dice Eija–. ¿Cuánto eran cuatrocientos marcos de entonces?

La Madre esboza por fin una sonrisa fatigada.

–¿Por qué no les cuentas también cuánto vodka os comprabais con ese dinero? –le dice a su marido.

–Vamos –el Padre da unos golpecitos con el cuchillo en el costado de cristal de su vaso–. ¿Quién quiere salir y hacer el Baile del Tronco después de la cena? Seguro que encontramos alguno en la leñera que tenga ganas de bailar.

Eija suelta una risotada. Su risa está a medio camino entre la burla amable y la alegría infantil genuina. Sus gestos siguen ocupando esa encrucijada de excitación pura. Todavía no la han disparado a los páramos tóxicos.

–Esto es *asqueroso* –Mirkka lanza la palabra igual que alguien lanzaría una bomba de mano o un trozo de animal muerto sobre la mesa–. ¿Es que no podéis dejar de decir *idioteces*? Joder, se estaba mejor en el correccional.

El padre vuelve a dejar el cuchillo sobre la mesa.

–Pues debería gustarte la Navidad –Mika Pequeño encoge su hombros estrechos–. A fin de cuentas, Santa Claus es finlandés. De pura cepa –hace una pausa teatral, de esas que hacen los cómicos para indicar que al público le ha llegado el momento de reírse. Eija suelta una risita nerviosa.

Mirkka saca un paquete de tabaco de su bolsillo y se pone de pie.

–¡Burlaos todo lo que queráis! –dice, levantando la voz–. ¡Por lo menos yo hago *algo* por este país! ¡Por lo menos yo intento cambiar las cosas! ¡Vosotros os quedáis sentados en vuestros culos gordos y mientras tanto todo se está yendo a tomar por el culo!

La Madre da una palmada en la mesa que hace que tiemble y tintinee todo lo que hay sobre ella.

–¡*Ni se te ocurra* encender ese cigarrillo! –chilla–. ¡Si quieres matarte, adelante, pero no delante de mí!

En el jardín de detrás de la casa, bajo las ráfagas intermitentes de la ventisca, Mirkka da un par de caladas a su cigarrillo y se relaja para sentir cómo el frío le traspasa la chaqueta de punto y la camiseta del Linnanmäki y se le infiltra bajo la piel. La gente de Suomenlinna son criaturas del frío y de la nieve. Saben perfectamente cómo mover los brazos y las piernas para fumarse un cigarrillo sin que les afecte la congelación, o cómo frotarse la cara para evitar que se les hielen los lagrimales y las zonas mucosas. El límite de dos minutos antes de que la respiración y el ritmo cardiaco empiecen a ralentizarse. Esta noche el aire de Suomenlinna huele a nieve, a mar y a algo indeterminado que podría ser algas o quizá el musgo que cubre los parapetos de piedra de la fortaleza. Por supuesto, la gente que vive en la isla no suele percibir este olor. Hay que haber pasado una temporada fuera, por ejemplo en un correccional para delincuentes menores de edad, para ser consciente del mismo. Al cabo de un momento se oye el chirrido de la puerta de la cocina seguido de unos pasos lentos y pesados sobre la nieve. Mirkka no necesita girarse para reconocer los pasos.

–Abuelo –dice sonriendo por detrás de una bocanada de humo.

Mika Grande da un sorbo de la lata extralarga de Lapin Kulta que lleva en la mano enorme y le hace un gesto a su nieta para que le dé un cigarrillo. Ella se lo enciende protegiéndolo con la mano de la ventisca. Por fin lo pone en los labios de su abuelo y le da un beso en la mejilla roja y dura como el cuero. El hombretón camina pesadamente hasta el banco cubierto de nieve del jardín. Pasa una mano por el asiento para limpiarlo y después deja caer su cuerpo enorme sobre él. Da un sorbo de su lata y una calada pensativa a su cigarrillo.

–Si me vas a decir que he hecho sufrir mucho a mi madre y todas esas cosas, ahórratelo –dice Mirkka, con un halo de humo de cigarrillo y vapor de respiración rodeando su cráneo rapado–. De todas maneras, en cuanto me suelten del correccional me largo de aquí. Creo que me iré a Noruega. Quiero trabajar en el mar.

En una plataforma petrolífera, o un pesquero –Mirkka hace una pausa. Conscientemente o no, su voz se ha ido volviendo grave. Esa voz resueltamente grave con que los muchachos poco seguros de sí mismos se adentran en las conversaciones estrictamente viriles–. Igual que hiciste tú.

Mika Grande se limita a rascarse la mejilla de cuero rojo con la mano que sostiene la lata.

–Por lo menos tú no me echaste bronca cuando me detuvieron –continúa Mirkka–. Joder, fuiste el único. La gente no entiende nada –se quita el cigarrillo de la boca para escupir sobre la nieve–. No sé cómo has aguantado toda la vida en este país de los cojones.

Mika Grande tampoco dice nada. Al cabo de un momento, Mirkka suelta un soplido de burla.

–Lo que más me jode de todo son los seis meses extra que me cayeron por robar la puta pistola de señales –dice–. Si no fuera por toda la mierda que pasó después, nunca se habrían dado cuenta de que faltaba la pistola. O sea, ese ferry no se ha hundido en toda la puta Historia. Por *desgracia*.

Pese a su aire general de desafío estereotipadamente penitenciario, la falta de respuesta de su abuelo ya empieza a infundir cierto matiz de desesperación en todas las frases de Mirkka. Un matiz que solamente se puede percibir si uno la conoce bien. Cierto componente de nerviosismo en la forma en que se abraza a sí misma y camina sobre la nieve para evitar la congelación. Mika Grande vuelve a rascarse la mejilla correosa con el mismo aire distraído. Por fin se encoge de hombros.

–Hoy en día todo parece muy fácil –dice arrugando la lata de Lapin Kulta con la mano con facilidad asombrosa–. Pero las cosas no siempre han sido así. Esta isla, por ejemplo. Ya sabes lo que pasaba aquí. La gente mataba a otra gente y luego se iba a casa a cenar. ¿Y a quién le parecía mal?

Mirkka mira con cara sorprendida cómo su abuelo tira la lata a lo lejos sobre la nieve. Hacía mucho tiempo que no lo oía hablar tanto.

–Cuando yo era niño –continúa Mika Grande–, a mi padre lo movilizaron para combatir a los rusos. En la Segunda Guerra Mundial. Un día, un piloto ruso cayó a un par de kilómetros de aquí. Al norte –señala en dirección al centro de Iso Mustasaari–. Mi hermana lo vio caer con el paracaídas. Luego hubo toda clase de rumores. Y qué íbamos a pensar, pues que alguien lo tenía en su casa. Por la noche le oíamos gritar. Decían que tenía las piernas rotas. Decían de todo. Y yo lo veía en la cara de mi padre. El orgullo. Capturar a aquel pobre desgraciado y ejecutarlo unos días más tarde les devolvió el orgullo a todos aquellos hombres. No eran más que pescadores, pero de pronto caminaban con la cabeza más alta. No digo que esté bien. *Y no estoy diciendo* que lo que hicieras tú estuvo bien –señala a su nieta con un dedo enorme–. Sólo tienes dieciséis años, aunque parezcas mayor. Eres una niña y no sabes nada de la vida. Pero la gente hoy cree que la comunidad se construye yendo a misa y cuidando el jardín. Y eso son gilipolleces.

Mirkka escupe sobre el suelo nevado del jardín y da una calada larga y satisfecha a su cigarrillo. Igual que su tono de voz, sus gestos son rudos y masculinos. Los gestos de una machona adolescente con el pelo corto y las piernas musculosas. Disfrazada de la niña dulce que era hace dos años.

3
LAS CAJAS DEL JARDÍN

El ejemplar solitario de gaviota ártica que lleva un rato posado en el escalón de la cocina de la casa de los Rislakki en Suomenlinna tuerce el cuello y hunde el pico albino bajo las plumas del ala, ejecutando su danza indescifrable de acicalamiento. Un momento más tarde, un crujido procedente del interior de la casa la hace enderezar el cuello de golpe. La gaviota mira a su alrededor. El blanco brillante de su plumaje tiene un matiz iridiscente, el vestigio vagamente oleaginoso de un remoto origen reptiliano. El ojo negro que ahora escruta el jardín nevado transmite una sensación inevitablemente ominosa, de esa manera en que las aves de todas las historias son sin excepción portavoces de alguna clase de presagio. Ya se sabe: mirando a lo lejos, más allá del espacio mismo, comunicándose directamente con el Destino. Y en ese momento, la puerta de la cocina se abre de sopetón y le estampa un portazo en toda la cara, lanzando al animal a un vuelo espasmódico y atolondrado sobre el jardín hasta que consigue recobrar el equilibrio, ya muy por encima de los tejados de las casas. Eso es lo que hacemos con las metáforas en esta historia: les arreamos un buen portazo en las narices para que no se les ocurra volver por aquí.

Por la puerta abierta de la cocina sale al jardín Mirkka Rislakki, con un abrigo de su madre echado por encima del pijama. Sin bajarse del escalón, enciende el primer cigarrillo del día y levanta la vista hacia el cielo con la boca ligeramente torcida en esa mueca avinagrada que suele acompañar a la primera calada del primer cigarrillo del día. El cielo matinal del día de Navidad es el de costumbre cuando hay ventisca en esta época del año: una especie de tinción violácea en el cielo nocturno, muy parecida a lo que el resto del mundo identifica con el cielo de la hora *previa* al amanecer. Si a Mirkka le dieran diez marcos por cada mañana que se ha levantado y se ha encontrado con esa especie de noche tumefacta y helada sobre su cabeza, ya le alcanzaría el dinero para el billete a Noruega. Pese a todo, unas cuantas gaviotas se esfuerzan por chillar cansinamente en círculos. Y hay bastante luz para distinguir los contornos violáceos de las cosas. Mirkka escupe sobre la nieve un salivazo con sabor rancio a tabaco matinal y se queda mirando con el ceño fruncido la extraña formación pseudogeológica que ha brotado en el paisaje familiar del jardín de su infancia. Algo que obviamente ya debía de estar ahí la noche anterior, pero que resultaba invisible en medio de la ventisca.

Mirkka atraviesa el jardín con pasos trabajosos, hundiendo las piernas hasta la rodilla con cada paso en la nieve. Y por fin se detiene ante la cosa. Una especie de pirámide o túmulo gigante que ha brotado junto a la verja del fondo del jardín. Más alto que ella, abrupto y vagamente escalonado.

–Tócate los cojones –dice, y hunde las manos en el túmulo para calcular el grosor de la nieve que lo cubre.

Agarra el cigarrillo con los dientes y se pone manos a la obra. Empieza a romper con una pala la capa de nieve helada y a despejar la superficie del túmulo. Al cabo de diez minutos ya ha conseguido dejar al descubierto casi toda la tela de lona impermeable, rebozada de hielo y hojarasca, que hay debajo. En el cobertizo del jardín encuentra unos guantes y un cuchillo de caza y procede a serrar trabajosamente las cuerdas congeladas que sujetan la lona. Cuando la última cuerda se parte con un chasquido, agarra un extremo de la lona con las dos manos y empieza a replegarla hacia arriba, provocando una lluvia de esquirlas de hielo sobre su propia cabeza y dejando al descubierto las cajas del jardín.[1] Me-

[1] Hablando en términos estrictos, las cajas que Mirkka Rislakki encuentra en el jardín la mañana del Día de Navidad no son ninguna metáfora de nada. En tanto que elementos de una Mitología del Lejano Norte, pertenecen al Reino de la Naturaleza, donde las metáforas no existen. Para ser operativa, una Mitología del Norte tiene que hablar del Norte interior. De la Finlandia Interior. De esas carreteras del alma que conducen a Laponia y que solamente se abren durante cuatro meses al año. Así es precisamente como funciona esta historia. No hablando del mundo con símbolos ni metáforas, sino convirtiendo al mundo en metáfora de sí mismo. No ofreciendo códigos ni contraseñas para interpretar las cosas sino borrando esos códigos. Ésta es la Verdad del Norte: abrir una puerta y dejar que entre la ventisca. Los días sin noche y las noches sin día. Las leyendas del Lejano Norte, recitadas por los Cantores de Runas del Círculo Ártico cuando la naturaleza era una adolescente problemática. Artefactos chamánicos de más allá de los Urales. Mitos más antiguos que los vikingos. La Sabiduría de Finlandia. En el Lejano Norte del Alma. Golpeado por la espuma del Mar Báltico Interior. La Gran Madre. Y en medio de todo, Suomenlinna. La Fortaleza del Mar. Con sus seis islas de color esmeralda. Con sus murallas de piedra. Sus almenas y sus parapetos.

dia docena de cajones de embalar, con inscripciones a rotulador en la caligrafía familiar de Mika Pequeño. A Mirkka se le escapa una sonrisa. Parece que a fin de cuentas su madre no tuvo valor para quemar sus cosas.

–¡Mirkka! –dice una voz al otro lado de la verja.

Mirkka abre una de las cajas haciendo palanca con el cuchillo y mira dentro. En medio de las piezas de ropa negra cuidadosamente dobladas, hay dos cilindros de un metro aproximado de largo, algo mohosos y arrugados, pero todavía de una pieza. Bingo. Saca el primero, le quita la goma elástica y lo despliega un poco. Es su póster de *The Wicker Man*. El que tenía pegado a la pared junto a la cabecera de la cama de su Dormitorio Adolescente. Con el gigante de mimbre recortándose terrible contra el horizonte mientras Lord Summerisle mira al cielo del póster con los brazos en alto y una mueca indescifrable bajo su peinado contrario a la gravedad.

–¿Mirkka? –repite la voz.

Mirkka levanta la vista de su póster. Al otro lado de la verja, la señora Tuomioja, la vecina chiflada que no puede tener hijos, la está saludando con su rastrillo.

–Tu madre me ha dicho que habías vuelto –dice la vecina–. Todos te echábamos de menos.

–Hola, señora Tuomioja –Mirkka limpia un poco el póster con el dorso de la mano.

–Tu madre ha estado muy triste –dice la mujer–.

Y sus cañones. Dragones oxidados que en el pasado vomitaron el fuego de Suecia a Rusia y el de Rusia a Suecia. Este y Oeste, arrancándose mutuamente el cuero cabelludo. Adornándose con collares de lenguas y de orejas ensartadas en hilos de pescar.

Todo el mundo en la isla lo pasó muy mal. Lo que hicisteis fue horrible –se encoge de hombros–. Pero hay que perdonar. He rezado mucho y he pensado. Erais muy jóvenes y habéis pagado un precio alto. No puedo hablar por los demás. Pero *yo* te he perdonado.

–Gracias, señora Tuomioja.

Mirkka contempla el gigante de mimbre del póster. Con la portezuela en la barriga para introducir a la víctima del sacrificio. *The Wicker Man* es, con diferencia, su película favorita. Igual que ella, los habitantes de Summerisle viven en una isla. Una isla del Norte. Un centro de energías paganas. Y tampoco les gusta la gente de fuera. Mirkka termina de limpiar el póster y lo vuelve a enrollar. Apaga su cigarrillo en un montón de nieve. El gigante de mimbre y la víctima de su sacrificio, son el Elemento Primero de la Mitología del Norte. Como un faro metafísico. Una fogata para avisar a los forasteros. Y la base misma del rito anual. Todo ello está bastante claro en la mente de Mirkka, aunque no necesariamente a nivel consciente. El Elemento Segundo de la Mitología del Norte es Santa Claus, por supuesto.

–Te queda bien el pelo así cortito –dice la señora Tumioja en tono algo dubitativo–. Aunque yo creo que te quedará mejor cuando te crezca un poco más.

Mirkka suelta un gruñido a modo de asentimiento mientras desenrolla el segundo póster, el que estaba a los pies de su cama. En el segundo de los pósteres aparece un chico de unos veinte años con el pelo largo y rubio. El chico está tirado en el suelo y tiene un agujero en la frente donde se acaba de pegar un tiro y hay un charco de sangre y de sesos en el suelo de al lado de su cabeza. Al lado del cuerpo hay un cuchillo enorme y una escopeta. En la parte superior izquierda del póster, escrita con unas letras muy raras, puede leerse la palabra: MAYHEM.

–En fin, *bienvenida* a Suomenlinna –dice la vecina en tono ausente, con esa voz que suele poner cuando su atención ya ha abandonado la esfera de lo humano para refugiarse en su mundo privado de vieja chiflada sin hijos que vive rodeada de gatos–. Me voy a ver si encuentro a mis gatitos para darles el desayuno.

–Gracias, señora Tuomioja –dice Mirkka, dando una calada pensativa a su cigarrillo.

Tiene todo el sentido del mundo que las cajas que Mirkka encuentra en el jardín en la mañana del día de Navidad sean el Tercer Elemento de la Mitología del Norte. A fin de cuentas, si uno lo piensa, los escandinavos llevan toda la vida levantando túmulos y enterrando cosas en la nieve. El túmulo es el reflejo de la montaña, igual que la casa es el reflejo de la gruta. Y la exhumación es el renacimiento de la primavera, la nieve que regurgita a los muertos de vuelta con los vivos. Y así precisamente es como Mirkka, notando una sensación extraña que podría o no ser esa cagalera que viene con el primer cigarrillo de la mañana, se queda mirando esa mañana de Navidad los dos pósteres y deja que su conciencia regrese al mundo tal como era hace exactamente un año.

4
LA MANIFESTACIÓN

Bajo el cielo violáceo de la media tarde de diciembre, bajo la nieve que cae en silencio sobre Senaatintori, exactamente un año antes de que Mirkka vuelva a casa del correccional por Navidad, los manifestantes ya casi llenan la mitad norte de la plaza, entre la estatua y la escalinata de la catedral. Alguien dice que se han juntado mil quinientas personas. Alguien dice que dos mil, pero ese segundo alguien tiene pinta de haberse pasado el día bebiendo en los parques. El cielo es violáceo y tiene cierta cualidad iridiscente en el oeste, por encima de los tejados fantásticos de Katajanokka. A Mirkka la inunda esa emoción sensiblera que le viene a uno cuando la multitud que se ha reunido para protestar por alguna injusticia espantosa resulta ser mucho mayor de lo que nadie esperaba. Ese nudo sensiblero en la garganta. Timo Soini está en la plaza, con toda la cúpula de su Partido Rural, los organizadores. Hay una delegación enorme de Tampere y Turku que ha llegado del oeste a bordo de media docena de autocares. Hay una delegación venida del norte, que se ha reunido en Oulu a primera hora de la mañana para coger un tren especial protegido por la policía. Mirkka los mira con admiración: tipos grandullones con melenas rubias y rasgos vagamente orientales, con chaquetones de piel por encima de sus camisas de leñador, los de más edad fumando en pipas de madera. Y los noruegos, claro. Apenas doscientos, ondeando sus banderas rojas y azules a un lado de la plaza, pero su presencia es crucial para la causa. Mirkka estira el cuello para escrutar la plaza a través de la nubecilla de su aliento y por fin distingue el cuerpo de morsa de Juhani en el escalón superior de la estatua, ondeando una bandera finlandesa. Un poco más abajo, sentados en los escalones sin hablar con nadie, está el resto de la diminuta representación de Suomenlinna: las Cabras del Joulu, con sus perillas trenzadas y sus latas extralargas de cerveza Lapin Kulta en las manos.

Mirkka se abre paso hasta los escalones de la estatua y ocupa su lugar en el seno del grupo. Juhani con la espalda muy recta y agitando la bandera por encima de la multitud, como una segunda estatua con cuerpo de morsa al pie de la estatua del zar Alejandro II. Aleksi y Antti en el escalón central. La imbécil de Liisa en el de abajo, fumando un porro con sus guantes sin dedos.

–¿Quién les ha dicho a esos Comedores de Barro que pueden venir aquí a cantar sus putas canciones en su puto idioma? –la imbécil de Liisa señala con la cabeza a los noruegos y pone los ojos en blanco. Su gesto resulta algo redundante dado que Liisa suele llevar esas lentillas de color azul casi blanco que imitan ojos de vampiro, o tal vez las cataratas de un zombi– Si vienen a Finlandia, que hablen finlandés, joder.

Mirkka espera a ver las reacciones de Aleksi y de Antti al comentario de Liisa antes de mostrar la suya. La postura ideológica de las Cabras del Joulu respecto al pueblo noruego es algo ambigua. Por un lado, son un pueblo hermano porque a los dos los jodieron bien los Puercos de los suecos. Por otro lado, no son finlandeses, y su idioma se parece mucho al idioma de los Puercos. A continuación mira a Aleksi: Aleksi fue el primero de ellos que se tiñó el pelo de negro y empezó a escuchar black metal. Y el black metal lo inventaron los noruegos, eso está claro. Después mira a Antti. El hermoso Antti. Frente a quien Mirkka siente cosas extrañas por todo el cuerpo.

Antti termina de dar un trago a su lata extralarga de Lapin Kulta y suelta una risita. Mirkka pone los brazos en jarras y suelta un soplido de burla.

–Putos Comedores de Barro –dice, escupiendo sobre la nieve. Poniendo su voz ronca de muchacho insolente–. Se creen que no podemos hacer nada sin ellos.

En el lado oriental de la plaza, frente al Palacio del Gobierno, Timo Soini se ha subido a una tarima y está dando unos golpecitos al micrófono para comprobar que funciona bien.

–Amigos –dice, mientras los congregados levantan sus pancartas y sus banderas–. Patriotas finlandeses. Y también nuestros hermanos estonios y nuestros amigos noruegos.

Lo interrumpe una salva de vítores, con unos pocos silbidos borrachos entremezclados.

–Como sabéis –dice Soini por el micrófono–, Noruega ha reanudado este mes la caza de ballenas –otra salva de vítores–. De hecho, nuestros amigos noruegos *nunca* firmaron la moratoria de la Comisión Ballenera Internacional –vítores–. A diferencia de *nuestros* gobernantes.

En lo alto de la escalinata de la estatua, Juhani ondea la bandera finlandesa con unos brazos que son tan gruesos como los muslos de Mirkka. Mirkka se dedica a vitorear prácticamente todas las frases del líder del Partido Rural.

–Hoy os dicen que cazar ballenas es un delito *ecológico* –dice Soini, provocando una salva de abucheos–. *Yo* os diré lo que es un delito ecológico. La *polución* es un delito ecológico. Los miles de toneladas de *basura* que la Unión Europea tira en nuestros mares. Las emisiones de gases que provocan el Efecto Invernadero. Hoy, en 1993, el capitalismo *salvaje* de Europa es un delito ecológico –hace una pausa mientras la plaza entera se convierte en un vórtice de banderas y vítores cuyo centro solenoidal es el político gordinflón en su tarima–. Pero los escandinavos llevan *miles de años* cazando ballenas. Los *finlandeses* llevamos miles de años cazándolas. Miles de años viviendo del mar. Es nuestra *identidad* lo que tiene una moratoria. Y si no luchamos, nos acabarán prohibiendo que seamos *nosotros*.

Para cuando Soini baja de la tarima y cruza con su séquito el cordón policial para entregar los documentos de la petición en las puertas del Palacio de Gobierno, Mirkka ya casi no tiene voz de tanto gritar y está medio borracha por todas las cervezas extralargas que se ha bebido. Dos ríos de manifestantes descienden por Sofiankatu y Unioninkatu y se desparraman por los jardines cubiertos de nieve de la Esplanadi y por los bulevares laterales. Los patriotas cantan consignas contra la Unión Europea. Cantan el «Maamme» y Mirkka siente una oleada de emoción sensiblera cuando llega esa parte que habla de «nuestro norte nativo y la tierra de nuestros ancestros». Dos mil almas bajo la nevada silenciosa, pasándose fraternalmente latas azules de Lapin Kulta y botellas de vodka. Dos mil patriotas con nieve sobre los hombros y los gorros.

–Ese gordo de Soini habla mucho –dice la imbécil de Liisa, mientras todos caminan por Esplanadi–, pero tiene una casa en Escocia o no sé dónde. Y es católico –tuerce la boca en una mueca de asco–. Y mirad qué pelo lleva. Es para darle una *hostia*, joder.

Mirkka siente un profundo deseo de meterle la cabeza a Liisa en un retrete y aguantársela allí abajo hasta que deje de sacudir los brazos. Un retrete donde haga semanas que nadie tire de la cadena. Pero como Antti ha vuelto a soltar una risita, ella también ríe el comentario y esconde la cara de asco detrás de una lata de cerveza. Al cabo de unos minutos, la manifestación llega al Teatro Sueco. La policía ha formado un cordón alrededor del edificio blanco y achaparrado del teatro. Los primeros insultos contra los Puercos suecos se elevan de la multitud.

–¡Mirad a esos hijos de puta! –dice alguien entre los manifestantes, señalando la esquina con Mannerheimintie, donde asoma la cabeza de la contramanifestación. Varios centenares de activistas ecologistas y comunistas, con sus rastas y sus caras ceñudas. Sosteniendo una pancarta que dice «Salvad a las ballenas» en finlandés y en inglés. Y en sueco. Hijos de la gran puta.

–¡Fuera de nuestro país! –chilla alguien de la primera manifestación.

La policía antidisturbios se interpone entre las dos manifestaciones, formando un doble parapeto con los escudos desplegados en ambas direcciones. Pero ya es demasiado tarde. Varias ráfagas de huevos y latas de Lapin Kulta vuelan por encima de Esplanadi. En los jardines de detrás del teatro, Timo Soini y un grupo de jefes de su partido están depositando una ofrenda floral a los pies de la estatua de Eino Leino, sobre la nieve. Desprendida de su cabeza pensante, la manifestación parece haber entrado en un estado de confusión generalizada. Un estado rizomáticamente decapitado, con todas sus áreas arremolinándose al azar y actuando sin conexión con el resto. En el centro de Esplanadi, entre los árboles, las Cabras del Joulu beben sus latas de cerveza y se pasan un porro mientras observan en silencio cómo la policía se prepara para cargar.

–Esto es una puta mierda –dice Aleksi, mirando la punta incandescente del porro–. No me extraña que este país se esté yendo a la mierda.

Mirkka busca en su cabeza una réplica lo bastante inteligente. Mirkka piensa que ha llegado el momento de hacer algo para conseguir la atención de Antti. Algo que consiga que Antti deje de mirar a la imbécil de Liisa. Mirkka no está segura de estar mostrándose esa tarde lo bastante carismática o lo bastante dura como para resultar merecedora de la admiración de Antti. La sensación es recurrente durante todas las reuniones del grupo. Por si fuera poco, en el seno de las Cabras del Joulu parece haber cierta vacilación fundamental entre la firmeza ideológica y el cinismo despectivo que hace que resulte difícil posicionarse y obtener la aceptación continua del grupo sin cometer deslices ocasionales que provoquen soplidos de burla de Liisa o incluso de Aleksi o –cielo santo– del hermoso Antti.

–Quedaos aquí si queréis –dice por fin, arrugando con dificultad la lata extralarga de Lapin Kulta que tiene en la mano y tirándola sobre la nieve–. Yo creo que ha llegado la hora de armar algo de jaleo.

Mirkka se aleja unos pasos, repitiendo mentalmente la frase para intentar averiguar si ha sonado lo bastante dura o carismática y por supuesto afinando el oído por si oye algún soplido de burla tras su espalda. Desentierra de la nieve una piedra del tamaño de una naranja, sale de entre los árboles y la tira con todas sus fuerzas a una de las ventanas del primer piso del Teatro Sueco. El ruido de cristales rotos hace que un centenar de cabezas se gire hacia arriba, incluyendo varias cabezas de policías que a continuación se giran hacia Mirkka.

5
EL DORMITORIO ADOLESCENTE

Situado al final del pasillo de la segunda planta de la casa de los Rislakki en Suomenlinna, el Dormitorio Adolescente de Mirkka no es el nivel profundo del relato. No es su centro ni tampoco una representación microcósmica donde los elementos profundos de la historia progresan a modo de avanzada ontológica de sus acontecimientos. Es simplemente la Finlandia Interior de esta historia. Azotada por los vientos del Mar Báltico de la Mente. Lo cual, por supuesto, no quiere decir que no se den cita en él unos cuantos de los elementos supuestamente profundos del relato.

Están, por ejemplo, los dos pósteres que han aparecido en la pared de encima de la cama donde ahora Mirkka está tumbada fumando un cigarrillo, mirando la pantalla sin volumen del televisor que hay en un nicho de su mueble de habitación preadolescente. En toda la historia de la familia Rislakki no ha habido ningún cisma comparable con el que han causado los pósteres aparecidos en el Dormitorio Adolescente de Mirkka. Ni siquiera el que se produjo cuando Mirkka manifestó su voluntad de dejar de ir a la iglesia con el resto de la familia a los trece años. Ni siquiera el que tuvo lugar cuando Mirkka admitió que había empezado a fumar a los catorce años. Ahora se oyen tres golpes en la puerta del dormitorio, seguidos de un cuarto donde parece haberse esfumado parte del aplomo de los tres primeros. Los golpes idiosincráticos de Eija. Unos golpes que anuncian a gritos su petición indecisa. Que suenan casi puñeteramente *esperanzados*.

–Entra, joder –Mirkka se incorpora a medias hasta apoyar la espalda en los almohadones que tiene contra la pared, con el cenicero sobre la barriga.

Eija entra sin mirar a su hermana mayor y cierra la puerta. Mirkka estira el cuello a un lado y a otro para hacerle saber a su hermana que está obstaculizando su visionado de la pantalla. Eija va a sentarse a los pies de la cama y se queda mirando los pósteres y los demás elementos de significación profunda que hay repartidos por la habitación. Los armarios cuyo contenido Mirkka tiró la noche pasada a la incineradora. El bajo dentro de su estuche que ha aparecido sobre la moqueta.

–¿Te has dado cuenta de que siempre que entras aquí en realidad no quieres nada y tampoco me dices nada y yo tampoco te digo nada y te terminas marchando al cabo de un rato sin que haya pasado nada? –Mirkka hace una pausa para mirar a su hermana pequeña con los ojos fruncidos en medio del humo del cigarrillo–. Me parece a mí que la palabra clave aquí es *nada*.

Eija piensa en ello.

–Dicen que se va a helar la Bahía –dice–. Este año también.

–Dios mío, qué emoción.

La mirada de Eija se detiene en el póster que hay a los pies de la cama. El del chico muerto al que se le están cayendo los sesos al suelo.

–Papá dice que todas estas cosas nuevas son porque te has hecho satanista –la niña hace un gesto vago a su alrededor–. Los pósteres y la ropa rara y esa cosa que te has hecho en el pelo.

–Papá también dice que a quien madruga Dios le ayuda y que es divertido bailar con un leño –Mirkka se encoge de hombros–. Y llama «pipí» a la polla y el coño.

Eija finge que no ha oído esas palabrotas.

–He buscado «satanista» en la enciclopedia de la biblioteca –dice–, y no se parece nada a lo que tú eres. Tú no haces sacrificios ni nada de eso. Yo no creo que todo esto de la ropa y el pelo sea porque te hayas hecho satanista. Creo que lo has hecho porque te gusta el chico ese, el hijo del señor Koskinen que tiene el restaurante al sur de Iso –frunce el ceño–. Antti, creo que se llama. Antti Koskinen y su pandilla también llevan el pelo así teñido y la ropa negra con los pinchos. Y tú ahora siempre vas con ellos.

Mirkka acerca su cara hasta ponerla muy cerca de la de la niña. Con el humo del tabaco saliéndole por los agujeros de la nariz.

–Como le digas a alguien algo de eso –dice con la voz cayendo en picado un par de octavas por debajo de su tono normal–, vas a ser la primera víctima de un sacrificio satanista de toda la puta historia de Suomenlinna. Van a encontrar tu cabeza en una punta del castillo y tus tripas en la otra.

La mirada de Eija vuelve a desviarse involuntariamente hacia el póster del chico muerto.

–¿Puedo meterme en tu cama contigo? –dice.

Mirkka piensa un momento.

–Bueno –dice por fin.

Las dos juntas, debajo de las mantas, miran la televisión sin sonido. Eija pestañea en medio del humo de cigarrillo que baña la habitación y se frota los ojos irritados, pero no se queja. En la pantalla se ve la escena de los créditos de la película *The Wicker Man*. La película *The Wicker Man* no es solamente la película favorita de Mirkka de todos los tiempos. También es la que ha visto más veces y la que ve todo el tiempo. Tumbada en su cama del Dormitorio Adolescente, con el cenicero en la barriga y un paquete de cigarrillos. Transitando una y otra vez por sus paisajes y avenidas familiares. Recitando en voz baja los diálogos junto con los personajes. Evitando ver ninguna otra película, no sólo porque ninguna está a la altura de *The Wicker Man*, sino también porque sería una infidelidad atroz entregarse a otra película que no fuera aquella a la que ya se ha entregado en cuerpo y alma.

–¿Por qué siempre estás viendo esta película tan rara? –se atreve a decir Eija, en tono dubitativo–. Tampoco es *tan* buena.

La escena que se despliega en el televisor es esa escena semióticamente compleja en que el sargento Howie llega a la isla de Summerisle a bordo de su hidroavión. Volando por entre acantilados vertiginosos y bosques lujuriantes y huertos frondosos, con los créditos de la película superpuestos, hasta adentrarse en la bahía y empezar el descenso que lo llevará al Cataclismo Personal. Es bastante probable que la escena que está teniendo lugar en el televisor sea otro elemento profundo de significado de esta historia: el descenso del sargento virgen a las junglas de la naturaleza salvaje. «Aquí la naturaleza está desnuda». El inicio de la transformación. Del rito anual. El desencadenamiento de la lógica sacrificial. Etcétera. Las dos hermanas están mirando cómo desciende el hidroavión sobre las aguas de la Bahía cuando suena una salva de golpes furiosos y la puerta se abre antes de que Mirkka pueda contestar

La Madre aparece en el umbral. Con la cara descompuesta. Con algo en la mano. Algo que cuesta descifrar. Por fin lo sostiene en alto para que su hija lo vea. Es un trozo de vestido. Concretamente un trozo de vestido azul que corresponde más o menos a la zona del sobaco. Lo que queda de uno de los vestidos que Mirkka tiró la noche anterior a la incineradora.

–Te lo hemos dado *todo* –dice la madre con la cara convertida en una compleja cartografía de temblores y ojos irritados.

Es la primera vez que La Madre dirige la palabra a su hija mayor desde que ésta se afeitó la nuca y los costados de la cabeza y se tiñó de negro el pelo restante. Mirkka no puede evitar fijarse en el hecho de que en uno de los orificios nasales le brilla algo parecido a un moco.

–Mamá –empieza a decir Mirkka.

–*Todo* –repite su madre con la voz rota–. Tu padre se ha pasado *años* trabajando como un esclavo para que pudieras tener toda esta ropa.

Los pies descalzos de Eija apenas hacen ningún ruido sobre la moqueta mientras sale huyendo del Dormitorio Adolescente de su hermana.

6
EL BLACK METAL

Juhani arruga con la mano una lata extralarga de Lapin Kulta y la tira por encima del parapeto defensivo de la isla, en dirección a las aguas de la Bahía. Una ráfaga de brisa helada le agita la perilla larga y trenzada. El paisaje que lo rodea es uno de los centros de actividades habituales de las Cabras del Joulu: la arboleda helada que hay justo al este del muelle del ferry, al norte de la iglesia de Suomenlinna. Juhani camina con pasos de morsa por encima del parapeto en dirección a la caseta de piedra de donde sale el zumbido monocorde del black metal y se detiene a pocos metros de ella. Observa la figura negra que se acerca por la nieve. Solamente son las tres y media de la tarde, pero el cielo ya se ha puesto de color púrpura y las sombras han descendido sobre las islas. Por fin, la figura se acerca a una de las farolas de la carretera y en el halo de la misma se materializa Mirkka Rislakki, trajinando un bulto grande y alargado. Juhani no dice nada, porque él nunca dice nada, pero salta desde el parapeto a la nieve con una agilidad sorprendente para su cuerpo fofo de morsa.

Mirkka pasa bajo el dintel de piedra de la caseta y deja su bulto alargado y negro en el suelo. Los demás miembros de las Cabras del Joulu se la quedan mirando. Sentados en el suelo de la caseta, entre latas de Lapin Kulta. En un rincón están el radiocasete encendido y la bombona de propano de la que sale una llama azul y alargada. En un nicho de la pared está escondido el Gran Secreto Fundacional de las Cabras del Joulu: la pistola de señales del ferry, que Mirkka y Aleksi robaron hace un par de meses de un armario de la cubierta de abajo de la embarcación. Una de esas pistolas de plástico extragrandes con las que puedes tirar bengalas al cielo si el ferry se está hundiendo en medio de la bahía. Como si tirar una puta bengala al cielo fuera a ayudar en algo a la gente que se está ahogando en el agua helada.

–¿Qué coño es eso? –la imbécil de Liisa señala con la cabeza el bulto que ha traído Mirkka.

Mirkka se frota las manos enguantadas y exhala una nubecilla de vapor. Con la clásica nariz roja y las cejas clásicamente escarchadas de la intemperie invernal de Suomenlinna.

–*Eso* –dice, hablando de forma deliberadamente lenta y enfática, como si su interlocutora sufriera una lesión cerebral grave– es un ba-jo. Es un tipo de instrumento mu-si-cal.

Hay un momento de silencio que los presentes dedican a dar tragos de Lapin Kulta y caladas a sus cigarrillos.

–¿De dónde lo has sacado? –pregunta Aleksi.

–Me lo he encontrado –dice Mirkka–. En el sótano de mi casa, mientras estaba tirando cosas a la incineradora. Resulta que mi padre tenía una banda cuando era joven. Así que zas –hace un gesto de prestidigitador con las manos–. Tenemos bajo.

–¿Tu padre tenía una *banda*? –Liisa suelta un soplido de burla–. ¿En Suomenlinna?

–Mi padre no siempre ha vivido en Suomenlinna, imbécil.

–Yo creía que tu padre había nacido en el cuarto de la limpieza del museo –dice Liisa, mirando a Mirkka pero proyectando la voz de una forma apenas perceptible que indica que en realidad está hablando para Aleksi y para Antti y *excluyendo* de alguna forma a Mirkka al mismo tiempo que se dirige a ella–. Hijo de una larga dinastía de limpiadores de museos y aspiradoras de moquetas.

Mirkka lleva a cabo un ejercicio titánico de contención de la furia. La misma clase de ejercicio por el que pasaron a la Historia ciertos santos de la Antigüedad. Entre imágenes mentales de Liisa violada por perros y Liisa torturada lentamente con cosas al rojo vivo, se repite una vez más que esta tarde es especial. Que no hace falta dejarse irritar por la furcia mongólica de Liisa. Porque ésta es la tarde en que ella, Mirkka Rislakki, va a colocarse en el centro absoluto de la vida psicosocial de las Cabras del Joulu y en que va a ganar por fin la admiración y la estima de Antti. Gracias a su bajo.

–Sácalo de la funda –dice Liisa–. A ver si es una aspiradora.

Mirkka abre la cremallera de la funda. El bajo tiene dibujos psicodélicos y un par de adhesivos en los que puede leerse JEFFERSON AIRPLANE y SUNSHINE SUPERMAN. Antes de que Mirkka pueda decir nada, Liisa ya ha soltado una risotada.

–¿Pero qué coño es esa *mierda*? –dice examinando el instrumento con sus lentillas vampíricas–. ¿Cuántos años tiene tu padre? ¿Doscientos? Eso es como la mierda esa que escuchaban en los sesenta, no me acuerdo de cómo se llamaba.

–Lo importante es que es un bajo, subnormal –dice Mirkka–. No cuesta nada pintarlo –añade, aunque su tono traiciona un ligero temblor de incertidumbre–. Funciona perfectamente. Lo he probado.

–¿Lo has probado? –dice Liisa con cara de astucia–. ¿*Cómo*? ¿Con un amplificador?

–¿También has encontrado un amplificador? –dice Aleksi.

Mirkka se ruboriza, sorprendida en su mentira. La conversación no está discurriendo por el cauce que ella esperaba. Se agacha un momento para coger una lata de Lapin Kulta y agradece la oportunidad de esconder la cara detrás.

–Quiero volver a montar la banda –dice por fin. Tenía pensado llegar a esa gran revelación después de una larga serie de preámbulos ensayados, pero el comienzo desastroso de la conversación la ha obligado a adelantarla.

–¿*Volver* a montar, dices? –Liisa abre mucho los ojos en una mueca de asombro fingido–. *Volver* quiere decir «otra vez». Como si ya la hubiéramos montado antes.[1]

[1] La historia de las Cabras del Joulu, la primera banda de black metal de toda la historia de Suomenlinna, es una crónica trágica de las dificultades de crear una banda de black metal en un puñado de islas de mierda en medio de una bahía de mierda que se hielan cada dos por tres y donde nadie sabe qué coño es el black metal y además los miembros potenciales de esa banda potencial no

Mirkka da un trago de cerveza y trata desesperadamente de parecer animosa y despreocupada al mismo tiempo. La vuelve a acosar esa ambigüedad fundamental entre la ideología y el cinismo puro que hay en en el seno del grupo.

–Voy a montar la banda y ya está –dice, odiando la forma insegura y estúpida en que suena cada una de sus frases–. Es un bajo de verdad, y lo demás lo pode-

---

tienen trabajo porque no quieren trabajar en un museo de mierda ni en un restaurante de mierda, que son los únicos trabajos que hay en Suomenlinna, y la mayor parte de la veces no tienen pasta ni para comprar un miserable billete de ferry que los lleve a los clubes de metal de Helsinki. Ya no digamos para comprar instrumentos, amplificadores o micrófonos, cosas bastante indispensables en una banda de black metal. Las ridículas asignaciones semanales que los miembros potenciales de la banda reciben de sus padres apenas alcanzan para comprar la cerveza y los cigarrillos y para hacer un viaje al mes a Helsinki que les permita comprarse discos compactos y ropa negra y cinturones y muñequeras de clavos y tinte negro para el pelo y collares con símbolos místicos o rúnicos. Ninguno de los miembros del grupo potencial tiene más de dieciséis años, que es la edad que tienen Aleksi, Antti y Juhani. Las chicas solamente tienen quince. De momento, lo único que tienen las Cabras del Joulu que los identifique como una banda es un nombre puñeteramente chulo, una guitarra acústica propiedad del hermano mayor de Aleksi, un micrófono que se puede conectar a un amplificador de radio, un montón de ropa estilo black metal y a un vocalista potencial, Antti Koskinen, que todos están de acuerdo en que rezuma carisma y talento black metal, pese a que en sus dos únicos ensayos con el micrófono y la guitarra acústica no trajo ninguna letra escrita porque, según explicó, tenía «varios proyectos musicales abiertos y muchas ideas para letras pero nada concretado específicamente, de momento», y se limitó a gritar todo el tiempo con voz ronca las palabras «muerto», «muerte», «ataúd» y algo que nadie consiguió entender pero que sonaba un poco como «papiloma» mos conseguir. Aleksi es un buen compositor. Y Antti tiene mucho carisma. Y tú quieres volver a cantar, ¿verdad, Antti? –dice, y se corta en seco, casi asombrada de haberse atrevido a hacerle la pregunta al hermoso líder potencial de la banda.

–Tengo varios proyectos abiertos y también ideas para canciones –Antti se encoge de hombros–. Nada concreto, pero lo podría intentar.

–¿Lo ves? –chilla Mirkka en tono triunfal. Mira a Liisa a los ojos–. Tú no hace falta que estés en la banda si no quieres. Total, no sabes hacer nada. Y tu idea de hacer segundas voces femeninas en una banda de black metal es una subnormalidad.

Liisa se cruza de brazos.

–Sigue sin haber instrumentos –dice–. A menos que te hayas encontrado también diez mil coronas para comprarlos y para pagar un profesor particular para enseñarle a tocar la batería a Juhani.

Por un momento, el zumbido monocorde del black metal es lo único que se oye en la caseta de piedra del parapeto. Mirkka mira a Aleksi. Suplicándole en silencio que interceda.

–El black metal no es un estilo musical –dice por fin Aleksi–. Da igual qué instrumentos tengamos. Es una manifestación de todo lo que es bueno y puro y valiente dentro de nosotros. Es nuestro amor a Odín y al Norte y a nuestra sangre escandinava y a todo lo que es puro, y nuestro odio a todo lo que es sucio y repugnante en el mundo –se encoge de hombros–. Es nuestro Norte Interior.

Mirkka todavía está intentando cerciorarse de si

esas palabras inclinan la balanza psicosocial a favor de ella cuando el escopeteo de una motocicleta se acerca hasta las inmediaciones del parapeto.

–La pizza –dice Liisa.

La pizza. A Mirkka le sobreviene una sensación extraña. La sensación de que algo increíblemente trascendente está a punto de llegar en forma de la pizza que Kai les está trayendo a su caseta. Incluso sorprende un ligero temblor de sus rodillas. Una sensación que aumenta cuando Mirkka sale fuera con el resto del grupo y se ponen a juntar billetes para la pizza y Mirkka echa un vistazo a Kai. Vestido con su mono antitérmico de motorista, con la cabeza oculta dentro del casco y el cuerpo entero despidiendo vapor de la motocicleta como un ser recién salido del submundo. Pero hay algo fuera de lugar. Kai no parece Kai. Es más bajo y más fuerte. Tiene las piernas ligeramente arqueadas desde unas caderas más anchas que las de Kai. La sensación de revelación increíblemente trascendente para el decurso de este relato es abrumadora. Inminente. Algo relacionado con la propia transformación de ella en un elemento de la Mitología del Norte. En la Sanadora, la Sacerdotisa del Mar.

Y entonces Kai se quita el casco.

Y no es Kai.

Los cinco miembros de las Cabras del Joulu se quedan mirando la cara del chico negro que se acaba de quitar el casco de la pizzería Nikolai. El casco de Kai. El chico negro respira y su cabeza queda envuelta en una nube de vapor. La escena permanece congelada un momento. Después las cosas suceden muy deprisa.

Antes de que Mirkka pueda reaccionar, Juhani se ha adelantado y le ha dado un golpe al chico en la mano que ha tirado la pizza al suelo. La pizza ya no es una pizza. Ahora es una masa humeante de salsa de tomate y trozos de carne y de masa desparramada sobre la nieve. Más parecida a los restos de un animal atropellado que a una pizza. Todo sucede dentro del halo anaranjado de la luz de la farola. Aleksi tiene la cara muy cerca de la cara del chico negro y le está gritando muy fuerte y Antti tiene un cuchillo en la mano.

–¿Qué *coño* te crees que estás haciendo en *nuestra isla*, negro de mierda? –grita Aleksi.

Abrumada por la magnitud de la revelación, Mirkka contempla las vísceras sangrientas de la pizza sobre la nieve.

7
THE WICKER MAN

En medio de una brisa que arranca murmullos de las arboledas, Mirkka está llegando a bordo de un bote de remos al embarcadero de la costa oriental de Summerisle. En realidad, esta forma de explicar las cosas es bastante imprecisa. Mirkka está en la isla de Summerisle en la misma medida en que Summerisle está en ella. El movimiento del tren y el movimiento de la estación son exactamente *el mismo* movimiento, contemplado desde perspectivas opuestas.

Desde el bote, Mirkka se gira para echar un último vistazo al hidroavión que ha quedado aparcado frente a la costa, con la carlinga abierta en la que pronto alguien entrará para inutilizar los controles. A continuación mira hacia delante, en dirección al anciano que va a los remos del bote. El anciano la mira con una sonrisa lasciva mientras lleva a cabo la acción rítmica y vagamente coital de remar. La misma sonrisa lasciva de cada vez que Mirkka está sentada en este bote. Porque todas las cosas que pasan a su alrededor han pasado cientos de veces. Los dos sentados uno frente al otro a bordo de la barca de remos: el anciano mirando a proa, hacia el continente, y ella en el mismo sentido del avance del bote. Mirando hacia los acantilados de Summerisle.

Mirkka señala al anciano con una mueca torcida.

–Si quieres terminar en el agua, tú sigue mirándome con esa cara de gilipollas –le dice. El anciano deja de remar un momento, desconcertado–. Así me gusta –añade ella.

El bote de remos deja a Mirkka en el Muelle donde están apiñados los Ancianos de Summerisle, contemplando su llegada entre cuchicheos y risitas misteriosas. Llegado este punto de *The Wicker Man*, después de subir al embarcadero, el sargento Howie saca la fotografía de Rowan Morrison y se la enseña a los Ancianos, que fingen que no conocen a la niña desaparecida y se burlan de él. Pero Mirkka no es el sargento Howie. Es virgen como él, y está claro que ha llegado a Summerisle para ser sacrificada, pero ella también es la persona que saldrá del sacrificio. Y al mismo tiempo la sacerdotisa. Nada de todo esto está demasiado claro todavía, habrá que esperar al Primero de Mayo.

–Vosotros sí que sabéis quién es Rowan Morrison– les dice Mirkka a los ancianos en tono acusador, con esa voz ronca y un par de octavas por debajo de su tono normal que usa para resultar desafiante–. La tenéis escondida para usarla como cebo, y primero fingiréis que ha muerto pero me dejaréis montones de pistas de que no lo está para que yo me quede más días a buscarla, y las pistas me llevarán al cementerio y allí encontraré una tumba de Rowan Morrison, pero dentro solamente habrá una liebre –Mirkka se engancha los pulgares en el cinturón de pinchos–. Entonces yo me quedaré otra noche y me romperéis los controles del hidroavión cuando me quiera ir porque descubriré que sois una secta asesina que mata a niñas vírgenes para tener una buena cosecha de manzanas. Y entonces llegará el Primero de Mayo y todo será una trampa, y pondréis a Rowan de cebo en lo alto del acantilado con una corona de flores en la cabeza y yo iré allí a buscarla y entonces me agarraréis y me meteréis en el gigante de mimbre para sacrificarme a los dioses del sol y de la cosecha. ¿O no?

Los ancianos se miran entre ellos, perplejos. Después miran a Mirkka.

–Pero hija –le dice uno de ellos, con el ceño fruncido–. *Tú eres* Rowan Morrison.

Mirkka suelta un soplido de burla idéntico a los que sueltan la imbécil de Liisa y los demás miembros de las Cabras del Joulu. Uno de esos soplidos de burla que sugieren un desprecio infinito por lo que está diciendo tu interlocutor. Una convicción absoluta en la condición de insecto del otro y en la superioridad infinita de lo que tú eres. Una de las ventajas que tiene estar en Summerisle respecto a la vida cotidiana de Mirkka es que uno siempre dice cosas inteligentes y se comporta de forma ingeniosa y suelta la frase oportuna en el momento oportuno. A diferencia de la vida real, donde nunca parece haber tiempo para reaccionar de forma satisfactoria. Y al contrario, los demás siempre se quedan embarazosamente congelados. Ahora, en medio de la brisa del muelle, los Ancianos de Summerisle se rascan las cabezas y se encogen de hombros. Mirkka hace un gesto como indicando que no hace falta que le expliquen cómo llegar al pueblo y echa a andar por el camino de la isla.

El pueblo de Summerisle es una mezcla de pueblecito soñolientamente idílico de la campiña y gigantesca casa de las hadas. Los lugareños saludan a Mirkka con sonrisas enormes. En los jardines públicos ondea una bandera enorme con el sol dorado que representa la casa de Lord Summerisle. Ahora está en la parte central del pueblo, donde en *The Wicker Man* tienen lugar la mayor parte de las indagaciones del Sargento Howie. A su izquierda, en la Calle Mayor, está la oficina de correos dirigida por la madre de Rowan Morrison, con el escaparate lleno de liebres de chocolate y sus siniestros pasteles en forma de niña desaparecida. La mugrienta Botica de Lennox, en cuyos estantes se apilan los frascos de prepucios y el ungüento de aceite de serpiente. Al otro lado de los jardines públicos se encuentra la escuela, donde en la película Howie ve a los niños del pueblo danzar alrededor del poste de mayo. Y un poco más allá, el cementerio pagano, con la iglesia en ruinas.

Mirkka sabe muy bien que su presencia en Summerisle es un Viaje de Autoconocimiento destinado a una Transformación Interior Irreversible. No hay que ser ningún genio para darse cuenta. Todos los viajes de chicas adolescentes por lugares misteriosos lo son. En el caso de éste, además, los indicios te saltan a la cara por todas partes. Como el ojo que hay pintado en el costado del bote que la ha traído a la isla. O la ventisca que ya está arremolinando las hojas de los jardines. Ciertamente, la ventisca es el truco más viejo que hay. El problema es que el viaje en que ella está sumida parece estar diseñado exactamente para *lo contrario* que debería producir. Todo parece construido para impedir que emerja el autoconocimiento. El ejemplo más claro es la Ausencia de Superficies Reflectantes en Summerisle. Tócate los cojones.

Lo único que se le ocurre hacer a Mirkka para ejecutar la transformación interior es encontrar el Primero de Mayo. En *The Wicker Man*, el sargento Howie tiene que esperar tres días para que llegue el Primero de Mayo, pero a fin de cuentas, el sitio donde está ahora Mirkka no es una película. Aquí el tiempo funciona de manera distinta. Aquí el tiempo es *espacio*. Y ella sabe adónde tiene que dirigirse para encontrar el ritual y al gigante de mimbre: a los acantilados que hay en la playa del lado opuesto de la isla.

Mirkka está corriendo por el camino que sale del cementerio, en dirección a las huertas de árboles en flor y al círculo de piedras donde las mujeres desnudas saltan sobre el fuego, cuando algo la hace detenerse en medio del camino. Jadea y se aparta el pelo de delante de los ojos. Solitaria junto al camino, en lo alto de una loma, la Posada del Hombre Verde. La ventisca agita el letrero que cuelga sobre la puerta. Mirkka sabe muy bien lo que hay allí dentro, claro. Ha visitado la posada mil veces, y en cierta manera es el lugar más fascinante de la isla. Y en esta tarde nublada, con la ventisca aullando por entre las rocas, contempla con expresión vagamente nostálgica las luces cálidas de la posada y el humo que sale de su chimenea. El aire huele a hulla y a asado. El viento trae ráfagas de música de acordeón. Qué demonios. Dobla a la izquierda y echa a correr por la ladera de la loma.

Por dentro, la Posada del Hombre Verde es tan cálida y fascinante como podría parecerle a alguien que la viera desde fuera sin saber con exactitud qué hay dentro. Por supuesto, debido a la repetición constante y a la condición *espacial* del tiempo mismo, en Summerisle todo es exactamente lo que parece. Los ancianos que beben en la taberna de abajo son misteriosos y vagamente repulsivos. Las mujeres jóvenes son voluptuosas y lascivas, y se entregan a los bailes obscenos con los clientes de una forma que en cualquier parte de Finlandia provocaría que la pasma cerrara el local. Los muchachos que beben cerveza caliente y tocan sus instrumentos sentados bajo las cabezas de ciervos disecadas son invariablemente hermosos y cantan con voz de ángeles. En *The Wicker Man*, la Posada del Hombre Verde es donde las cosas realmente empiezan a salirse de madre. El sargento Howie intenta enseñar al público la foto de Rowan Morrison, pero los parroquianos se pitorrean en su cara y se ponen a cantar *La hija del posadero* y a hacer bailes guarros delante de sus narices. Y claro, una cosa es sospechar que estás en una isla llena de guarros que hacen orgías y otra bien distinta es encontrarte *en medio* de la orgía. A Mirkka la posada la atrae pero también le da miedo, y en especial tiene sensaciones extrañas hacia el cuerpo de Willow McGregor, que es esbelto y a la vez voluptuoso; en una palabra, perfecto. A diferencia del de ella, que es bajito y tiene las caderas anchas y los pechos pequeños y feos, parecidos a esas bolsas medio llenas de agua que usan los niños para hacer guerras en el patio de la escuela. O del que ella cree tener, porque la Ausencia de Superficies Reflectantes de Summerisle le impide verlo.

En la taberna de la planta baja de la posada, Mirkka se dedica a recorrer las habitaciones atestadas de parroquianos en busca de los espejos que sabe que deberían estar en las paredes. Si pudiera verse y comprobar que tiene el pelo rubio y sedoso de antes de su transformación, eso la identificaría mucho más con Rowan. Pero los espejos están todos descolgados. Cabrones. Los parroquianos levantan sus jarras y sueltan risotadas cada vez que ella pasa. Mirkka sabe que si se queda mirando durante un rato a alguno de estos parroquianos acabará viendo cómo repite los mismos gestos y las mismas palabras soeces. El mismo bucle mínimo al que los condena su condición de figurantes.

–Otra que anda buscándose a sí misma –dice en tono jocoso un anciano con un bigote de espuma de cerveza encima del labio.

–¿Problemas de identidad, cielo? –le pregunta una mujerona semidesnuda–. Te recomiendo una visita al piso de arriba.

Ansiosa por abandonar el círculo de miradas y risas, Mirkka contempla las dos únicas puertas que tiene a la vista. La primera es la que lleva al cuarto de invitados del piso de arriba. En la película, éste es el lugar donde el sargento Howie es atormentado por las danzas desnudas de Willow y los ruidos de la orgía. La otra, por supuesto, es la salida que lleva al camino y al gigante de mimbre. Mirkka traga saliva. El sexo, pese a que ya tiene quince años, no es algo que ella conozca demasiado bien o que la haga sentir demasiado cómoda. Ella lo achaca al hecho de vivir en una puta isla de mierda, claro. ¿Con quién va a follar? En todo Suomenlinna hay novecientas personas, de las cuales unas sesenta son más o menos de su edad, todos van al mismo instituto y todos son unos cretinos. Salvo Antti, claro. No es de extrañar que la mitad de la población de Suomenlinna sean subnormales, con el grado de endogamia que provoca el hecho de tener que coger el puto ferry para echar un polvo con alguien del continente. En esas circunstancias, la vida sexual de Mirkka se resume bien deprisa: masturbación incansable bajo el edredón de su cama adolescente, con la habitación a oscuras salvo por el resplandor iridiscente de la pantalla que emite *The Wicker Man*, con el calor vagamente adormecedor de la calefacción y el tacto suave de las sábanas en las piernas y el culo desnudo. Pensando en Antti, o mejor dicho, en un Antti transformado en el hermoso Lord Summerisle.[1]

Los ruidos de la orgía procedentes del piso de arriba provocan que a Mirkka se le ruboricen las mejillas y la ayudan a tomar una decisión. Antes de que a nadie más le dé tiempo a soltar más guarradas, ha salido corriendo de la posada y ya está bajando por el camino en dirección al Primero de Mayo. La ventisca ha arreciado para conferirle a estos momentos finales la atmósfera debidamente dramática. Otros trucos narrativos baratos que el autor está introduciendo en este punto del relato son: cuervos graznando y sobrevolan-

[1] A veces se pregunta si el parecido entre Lord Summerisle y Antti es verdad o es una metáfora de algo. Eso en caso de que el inútil de autor de la historia que ella protagoniza sea capaz a fin de cuentas de escribir algo que sea una puta metáfora de algo, cosa que ella sinceramente empieza a dudar

do los campos en barbecho; niebla en las hondonadas del camino; perros aullando a lo lejos. Mirkka pasa corriendo junto al círculo de piedras, sin molestarse en mirar el consabido ritual de las mujeres desnudas, que están saltando sobre el fuego igual que cada puñetera vez que ella pasa por aquí. Se pregunta si este bucle del baile desnudo debe de ocupar la existencia entera de esas pobres chicas o bien si debe de haber algún momento en que se puedan poner una bata y se vayan a su casa para tomarse un cuenco de sopa, descansar las piernas y olvidarse por un rato de los putos ritos paganos de la fertilidad. Deja atrás el castillo de Lord Summerisle y por fin llega a la costa occidental. El lugar de las conclusiones.

La Procesión del Primero de Mayo ya está en la playa de guijarros, con los estandartes ondeando bajo la ventisca. La parafernalia de todas las veces: las máscaras de animales, la figura de pan de John Barleycorn, el Idiota del Pueblo con su disfraz de bufón, el Salmón del Conocimiento, los discos solares y los espadachines con sus faldas escocesas. Ahora los espadachines están danzando y cortando las sogas de los carros que hacen rodar los barriles enormes de cerveza hacia la orilla del mar. La cerveza sacrificial. Aunque ya está toda sudada y desfondada por la carrera, Mirkka descansa solamente un momento con las manos apoyadas en las rodillas y echa a correr otra vez por entre la procesión, en dirección al acantilado. Los procesionarios se la quedan mirando al pasar con caras de sorpresa.

–¿Pero tú qué haces aquí? –le dice alguien.

Mirkka les enseña el dedo corazón en gesto obsceno para hacerles entender que no tiene tiempo de quedarse a charlar y se pone a escalar por las rocas. A su espalda, la multitud le grita que adónde va y que pare un momento. Que no es por ahí por donde tiene que ir. Mirkka no se inmuta. Ya se ha dado cuenta en otras ocasiones de que los habitantes de Summerisle se ponen nerviosos cuando ella hace cosas que no están en la película. Que los jodan. Haber puesto un puto espejo en alguna parte, así ella no tendría que estar subiendo por las rocas como una cabra, arriesgándose a romperse el cuello.

–¡Te lo podemos explicar todo! –le grita una voz que parece venir de uno de los Ancianos Misteriosos.

En lo alto de las rocas, en la entrada de la caverna, encuentra por fin a la víctima del sacrificio. Agarrada por las manos de varios procesionarios con máscaras de animales. La *supuesta* víctima. Rowan Morrison. Con su túnica blanca y su corona de flores. Y en cuanto la tiene cerca, certifica lo que ya se estaba temiendo. Rowan es ella. Tiene la cara de Mirkka. ¿Pero qué cojones quiere decir *eso*? Si ella es Rowan, ¿cómo puede ser que ahora tenga a Rowan delante y la esté mirando *desde fuera*? Por otra parte, ¿quién es la víctima que va a arder dentro del gigante de mimbre? Porque en la película Rowan es el cebo y Howie la víctima verdadera. A Mirkka se le están empezando a hinchar las pelotas. Se acerca a una de las procesionarias, una señora gorda con bolso a la que cree recordar de la oficina de correos, y le arranca el bolso de un tirón.

–¡Eh! –chilla la señora–. ¿Qué te crees que estás haciendo?

Mirkka vacía el contenido del bolso sobre las rocas hasta encontrar lo que está buscando. Una polvera. La abre y comprueba el interior. Bingo. Se pone al lado de Rowan y coloca el espejo de manera que le permita ver a las dos juntas. Las dos caras idénticas. Una rubia y vestida de blanco, con la corona de flores. Y la otra con el pelo teñido de negro y la ropa negra, collar de pinchos y maquillaje negro estilo black metal. La virgen y la sacerdotisa del mar. Pero claro, sin saber cuál de las dos va a acabar dentro del gigante de mimbre y tampoco quién está mirando ahora el espejo. La perspectiva se ha desdoblado, como si en vez de haber dos caras mirando hubiera dos ojos de la misma cara. A Mirkka *definitivamente* se le están hinchando las pelotas. ¿Por qué no puede estar dentro de una historia *que se entienda*? ¿Por qué no puede estar en una escena onírica *normal*, con sus símbolos y sus metáforas y con esos detallitos freudianos que cualquier memo puede descifrar? Una historia normal de chica adolescente que se está conociendo a sí misma, joder. A ser posible con un poco de sexo tímido y no orgiástico. Ahora se vuelve hacia el horizonte del mar, donde imagina más o menos que debe de estar el autor de esta chorrada de relato.

–¡Espero que estés contento, capullo! –le grita.

Y a modo de respuesta, la ventisca le tira un puñado de espuma de mar a los ojos.

8
LOS DIOSES SOBRE EL HIELO

La muralla de televisores que hay en el lobby del Hilton Strand de Helsinki muestra la cara de cabreo infinito de Timo Soini mientras uno de sus subordinados lee los resultados de la votación del parlamento. La cara del tipo que está leyendo es esa cara estomacalmente congestionada que pone la gente cuando está hablando de alguien que se acaba de morir. De pie detrás de su subordinado, Timo Soini ya no parece el oso feroz que los arengó desde Senaatintori. Ahora parece un empollón de escuela primaria al que le hubieran metido por el culo una de esas bombas de aire que se usan para hinchar los botes salvavidas del ferry y hubieran pulsado el botón de INFLAR. Que es exactamente como lo describió la imbécil de Liisa el día de la manifestación.

–No sé por qué coño seguimos aquí –dice Liisa, con los brazos cruzados sobre el pecho y enfundados en sus guantes de encaje negros–. Como el gordo ese se ponga a llorar, mi estómago no lo va a poder aguantar.

–Por nosotros no hace falta que te quedes –dice Mirkka–. Seguro que llegas tarde a hacer algo increíblemente importante, como ponerte crema para la *celulitis*.

Un coro de soplidos de burla se eleva de los componentes masculinos de las Cabras del Joulu, que están plantados con sus dos compañeras delante de la muralla de televisores del lobby. Con las banderas finlandesas apoyadas melancólicamente en el hombro o metidas debajo del brazo. Liisa estira el cuello para mirar a Mirkka.

–Es increíble –dice–. No *puedes soportar* que esté más buena que tú. Te está matando. Seguro que te está saliendo un cáncer o algo de la puta *rabia*.

–*Perdona* –dice Mirkka con cara de escándalo fingido–. Resulta que hay algunos que en este momento no estamos pensando en nuestro culo y en nuestras tetas. A lo mejor tiene algo que ver con el hecho de que este puto país se está yendo a la puta *mierda* –dice, señalando la muralla de televisores donde el subordinado sigue leyendo su comunicado de prensa.

–¿A la puta mierda? –Liisa suelta uno de sus soplidos de burla. La verdad es que los soplidos de burla de Liisa siguen sin tener rival en lo que se refiere a su capacidad para sugerir que el objeto del soplido es un insecto ridículo e indigno de toda consideración humana–. Por el amor de *Dios*. Solamente son putas *ballenas*. A nadie le importa lo que pase con ellas. En Finlandia *nadie* come ballenas. Se las vendíamos a los chinos o a alguien así. Tú no te podrías comer un bistec de ballena ni aunque te juraran que te iban a crecer las tetas.

Los miembros restantes de las Cabras del Joulu se quedan mirando cómo Liisa se aleja en la dirección general de los ascensores y los lavabos. La razón de que las Cabras del Joulu estén plantados como idiotas en el lobby del Hotel Hilton, delante de una muralla de televisores que retransmiten lo que está pasando en la sala de actos del hotel, es que los cabrones del Partido Rural, después de convocar a la gente para celebrar la moratoria de la normativa contra la caza de la ballena, solamente han dejado entrar en la sala de actos a una panda de periodistas, politicastros y ricachos del centro de Helsinki. En el lobby se han quedado un centenar de patriotas, gente joven como ellos, con banderas y silbatos que de todas maneras no les dejan tocar. Jóvenes con ropa estilo black metal y estilo skinhead, con medallones odinistas y esvásticas. Y ahora resulta que el parlamento ha votado en contra de la moratoria. No hace ni cinco minutos que han llegado los resultados. Con la consiguiente estupefacción general.

–La verdad es que aquí ya no hacemos nada –Aleksi se manosea ociosamente su perilla teñida de negro y trenzada.

–Este país es una puta mierda –Mirkka se manosea un mechón de pelo teñido de negro que le cae por delante de la cara–. No sé para qué nos molestamos en ser patriotas. Deberíamos irnos a Noruega. O a Rusia.

–Tienes que reconocer que los del Partido Rural son unos capullos integrales –dice Aleksi–. ¿Por qué no podían dejarnos entrar con las cervezas?

El abatimiento se cierne sobre Mirkka Rislakki. El mundo es un lugar increíblemente injusto y horrible. ¿Cómo puede haber gente que no se dé cuenta de la injusticia que se está cometiendo? ¿Quién piensa en las familias que llevan siglos viviendo de las ballenas? Las regiones del Norte perdiendo a su gente joven, que se tiene que ir al sur a buscar trabajo. Y las ciudades llenándose de inmigrantes. Todo es lo mismo. La injusticia del mundo se le ha solidificado en forma de bola de electricidad dentro del pecho. ¿Y ahora qué? Ahora bajarán por Unioninkatu y se desparramarán por los bares de Punavuori y se emborracharán hasta perder el conocimiento, y a la mañana siguiente todo seguirá igual. Un mundo gobernado por subnormales. Mira a sus amigos. La morsa silenciosa de Juhani. La cara aguileña y asombrosamente pálida de Aleksi. Luego mira a su alrededor. Los grupos de jóvenes vestidos de negro y los skinheads están empezando a salir del lobby al muelle azotado por la ventisca.

–¿Dónde está Antti? –dice Mirkka, vagamente alarmada. Las caras inexpresivas con que se la quedan mirando Aleksi y Juhani la alarman todavía más.

Mirkka se abre paso hacia el núcleo de ascensores y busca con la mirada el letrero de los lavabos. Los gorilas del Partido Rural se la quedan mirando con sus putas gafas de sol y sus putos micrófonos de diadema. Inicia una trayectoria veloz y rectilínea hacia el lavabo de mujeres y en el último momento gira noventa grados a la derecha y se mete en el de hombres.

–¡Eh, tú! –grita uno de los gorilas detrás de su espalda.

Dentro del lavabo de hombres, Mirkka se dedica a abrir violentamente las puertas de los cubículos de los retretes, una por una. La última está cerrada con pestillo. Se encarama y se asoma al interior. Las caras ligeramente ruborizadas de Antti y Liisa la miran desde la penumbra con olor a desinfectante del cubículo. Ninguno de los dos parece llevar nada puesto de cintura para arriba.

–¿Mirkka? –La cara de Antii transmite perplejidad genuina–. ¿Qué estás haciendo aquí? Esto es el lavabo de *hombres*.

La última imagen que se imprime en las retinas de Mirkka antes de que las manazas de un par de gorilas del partido la arranquen de la puerta del cubículo es la cara de Liisa. Su sonrisa infinitamente *repulsiva*. Infinitamente triunfal.

Los gorilas arrastran a Mirkka de las botas por el suelo del pasillo. Su melena teñida de negro se desparrama por el suelo creando un reguero casi mitológico. La melena ondeante de una virgen fantasmal del Kyöpelinvuori. La melena temible de Loviatar. La falda de cuero se le ha subido por encima de la cintura y deja al descubierto sus muslos gordezuelos y muy blancos, enfundados en medias de rejilla. Por fin, la sacan por la puerta giratoria del hotel y la tiran en la nieve. Uno de los gorilas la señala con un dedo más grande que ningún dedo que Mirkka haya visto nunca.

–Da gracias por no haberte llevado un par de buenas bofetadas –le dice.

Los gorilas acaban de entrar otra vez en el lobby y están dirigiéndose a los presentes para que vayan saliendo cuando la puerta giratoria gira una vez más. Mirkka entra corriendo en el lobby con una lata azul de Lapin Kulta en la mano y se la arroja contra la espalda a uno de los gorilas.

–¡Los finlandeses *volveremos* a cazar ballenas!– chilla con todas sus fuerzas. La estructura acústica del lobby manda un eco retumbante en todas direcciones–. ¡Abajo los tiranos de la Unión Europea! ¡Abajo el capital! ¡Viva Finlandia libre!

Dos minutos más tarde, Mirkka se levanta como puede del suelo nevado del muelle y se lleva una mano a la cara para comprobar que le está sangrando la nariz. También tiene sangre en una rodilla que se le ha raspado contra un bordillo helado cuando los gorilas la han tirado allí. Mirkka mira a su alrededor. La gente que sale de la entrada del hotel la elude, creando un espacio vacío de personas a su alrededor. El negativo de una isla en la corriente de transeúntes. La herida de la rodilla resulta vagamente infantil. Apretándose las aletas de la nariz con los dedos para detener la hemorragia, Mirkka empieza a bajar por Unioninkatu.

El cielo de mediodía es de un púrpura rojizo y absurdo mientras deja atrás sucesivamente la Universidad, Senaatintori y Esplanadi. Por un momento se queda plantada mirando la Plaza del Mercado, perpleja. Podría caminar hacia Punavuori y tratar de encontrar a sus amigos, pero la verdad es que no son sus amigos. Todos lo saben en el fondo. Son simplemente cinco chavales con problemas de popularidad, unidos por el black metal y por Suomenlinna. Compañeros de condena, refugiados en el grupo pero conscientes de que cuando llegue el momento de separarse ninguno de ellos mirará atrás. Puede intentar refugiarse con ellos una vez más. O bien puede coger simplemente el ferry de la una y largarse a su isla y a su casa y al dormitorio que hay al final del pasillo del piso de arriba. A *The Wicker Man*. Al Norte Interior. Busca con la mirada la cola de gente que espera el ferry, al otro lado de los tenderetes de la plaza. Pero no hay cola. Lo cual, dada la época del año, solamente puede querer decir una cosa. Mirkka camina hacia allí.

Un letrero de aviso ha aparecido sobre la marquesina del muelle del ferry. Mirkka se sienta con las piernas cruzadas en el borde nevado del embarcadero y contempla la bahía helada. Una extensión de hielo hasta el horizonte donde apenas se distinguen los puntitos negros de las islas. La costra de sangre congelada que le tapona los orificios nasales la obliga a respirar por la boca, expulsando nubecillas rápidas de vapor.

Una calma inesperada se le extiende por dentro. Como si la bola eléctrica de dolor hubiera estallado. Tal vez la visión magnífica de la Bahía de Helsinki helada tenga algo que ver, pero probablemente sea algo más. Tal vez sean los golpes que ha recibido. Tal vez sea el frío. Todos los habitantes de Suomenlinna saben que si uno se queda parado en medio del frío invernal de la Bahía, las constantes vitales empiezan a ralentizarse muy deprisa. Generando un efecto narcótico. El primer paso en dirección a la hipotermia. Pero la calma que ahora siente es distinta: si se parece a algo, se parece a la calma de una eclosión heroica. Una huida hacia dentro. Uno de esos caminos que uno emprende después de desconectar todos los mecanismos de raciocinio individual. Después de dejar que los controles neurológicos de la especie cojan el timón de la mente. Hacia dentro, hacia dentro. Confeccionando una crisálida. No hay calma más absoluta que la de la heroína que se repliega para dormir su última noche antes de entrar en acción.

Mirkka parpadea. En el horizonte de la Bahía, bajo el cielo púrpura, algo empieza a levantarse. Algo que parece una nube de vapor blanca o bien la cresta espumeante de una ola enorme sobre la superficie helada del mar. Mirkka debería estar buscando un sitio donde cobijarse del frío. Una cafetería o algo parecido. Debería estar furiosa porque el siguiente ferry no está programado hasta las seis de la tarde, eso en el caso de que a la puta bahía le dé la gana descongelarse. Y si la ventisca arrecia y Suomenlinna queda aislada del continente, entonces es cuando la perspectiva se vuelve tétrica de verdad e incluye llamar a alguno de los horribles parientes de sus padres que viven en la ciudad para que la dejen pasar la noche en sus casas.

Y sin embargo, no está furiosa. A la puta mierda con todo.

Sobre el hielo de la Bahía, la ola de espuma se ha acercado lo bastante al continente como para distinguir de qué se trata. Es un ejército. Una cincuentena de guerreros, cargando a caballo, vestidos con pieles. Blandiendo sus armas en alto. Mirkka se restriega los ojos y estira el cuello para ver mejor. A medida que avanza por el desierto helado, la visión se hace más nítida. El Ragnarök, probablemente, piensa Mirkka. A juzgar por las caras de cabreo que traen los jinetes. ¿Qué otra cosa puede ser? A la cabeza de la carga, Mirkka distingue a Ukko, dios del trueno y padre de todos los dioses, blandiendo en alto el Martillo Sagrado Vasara y su hacha de batalla, con bolas de fuego en lugar de pupilas y la barba larguísima ondeando al viento. Detrás de él cabalga el rubio y hermoso Lemminkäinen, con el cuerpo dragado del fondo de las aguas, los miembros cosidos entre sí y esa expresión ausente de quien ha visitado el submundo. Distingue a Ilmarinen, el Herrero Eterno, con su martillo en una mano y en la otra el Sampo, la Rueda de Molino Sagrada. Distingue a las Näkki, las hadas del agua, hermosas por delante y terribles por detrás, famosas por atrapar a los niños y ahogarlos en los pozos. Distingue a Ilmatar y a Tapio con su arco y a Tuoni y a Pekko con el cuerno gigante del que bebe la cerveza. Vamos, que han venido todos.

Joder, piensa Mirkka. Ahora sí que se van a enterar todos esos maricones del gobierno.

Y en ese preciso momento, una mano la zarandea. Mirkka abre los ojos y se queda mirando al policía que le acaba de poner la mano en el hombro.

–¿Tú sabes lo peligroso que es quedarse así? –le dice el policía en tono reprobatorio.

9
EL SACRIFICIO

Una brisa helada arrastra ráfagas de copos de nieve y música black metal por encima de las lomas nevadas y los parapetos de piedra de Suomenlinna. En la orilla norte de Iso Mustasaari, en las inmediaciones del muelle del ferry donde suelen pasar sus horas muertas las Cabras del Joulu, la única luz viene de los halos anaranjados de las farolas y lo único que ilumina son los remolinos de copos de nieve. Hoy no ha amanecido. A menos que uno llame amanecer al estúpido color tumefacto que ha aparecido en el cielo a primera hora de la mañana y que a los pocos minutos se ha convertido en un simple matiz púrpura en la masa de nubes. Bajo sus túmulos funerarios, los druidas se remueven malhumorados y les gritan admoniciones silenciosas a los vivos. «¡Es el *midvinterblót*, cretinos de descendientes! ¿Es que no pensáis hacer nada al respecto? ¿Qué os creéis, que la primavera viene *sola*?».

–Joder, Mirkka –dice Aleksi, dando un paso atrás para contemplar su disfraz–. Pareces el puto Santa Claus.

Igual que todos en el grupo, Aleksi usa el término «Santa Claus» para referirse al gordo cabrón ese que anuncia la Coca-Cola, no al ser mitológico finlandés en el que Santa Claus está inspirado. Cuando hablan del original, siempre lo llaman por su nombre finlandés, el que no se conoce en el resto del mundo: la Cabra del Joulu. El Segundo Elemento de la Mitología del Norte.

Mirkka dobla el cuello como puede para mirarse a sí misma: en efecto, el grueso anorak rojo que se ha puesto para que no se le vea la indumentaria negra estilo black metal le da un aspecto vagamente esférico. Y el gorro rojo de lana con el emblema del museo donde trabaja su padre también contribuye al parecido.

–Ahí pone que eres miembro del personal de mantenimiento del Museo de Suomenlinna –Aleksi señala el emblema del gorro–. Yo de ti le daría la vuelta si no quieres que detengan a tu padre.

Mirkka se da la vuelta al gorro.

–Nadie va a detener a nadie –dice–. Simplemente vamos a arreglar el problema tal como se arreglaban antes las cosas. Como lo hacían en la época de mi abuelo. De la forma *tradicional*.

Mirkka se pone el pasamontañas y espera a que Aleksi y Juhani hagan lo mismo. Los pasamontañas, lo saben todos, son el punto flaco del plan. La verdad es que en Suomenlinna la gente no lleva pasamontañas por mucho frío y viento que haga, o sea que no son la mejor forma de pasar desapercibido. Pero bueno, la gente tampoco suele cometer crímenes en Suomenlinna, y de todas maneras no se les ocurre otra forma de que la gente no les vea las caras. Ahora Aleksi mira hacia la camioneta que han robado hace media hora delante del supermercado y luego mira a Mirkka. Mirkka asiente con la cabeza.

Un minuto más tarde, la camioneta baja por la carretera que lleva al muelle del ferry de carga. Debido al hecho de que en Suomenlinna nadie cierra nunca nada con llave, no se puede decir exactamente que hayan *robado* la camioneta. Cogido prestada sería más preciso. Cuando el señor Hämäläinen del supermercado vea que su camioneta no está no se le ocurrirá llamar a la policía. Dirá una palabrota, pensará que ha sido algún borracho, se liará la bufanda y se irá andando a su casa. Ni siquiera los crímenes son crímenes en esta isla de mierda. El señor Hämäläinen, por cierto, es famoso en Suomenlinna no solamente por estar chiflado y beber vodka en su camioneta y mear dentro.[1] También por pintar toda clase de idioteces en la camioneta donde lleva las cosas que vende en el supermercado. En su última encarnación, y por razones que solamente el señor Hämäläinen sabrá, la camioneta lleva pintado un plátano gigante en el costado.

Y al cabo de otro minuto, después de un trayecto tan decepcionantemente breve como todos los trayectos en coche por Suomenlinna, la camioneta llega al Punto de Recogida. El aparcamiento de la Oficina de Atención al Turista, frente al puente de Susisaari. Apretados en los asientos de la cabina, Aleksi, Mirkka y Juhani se quedan mirando en silencio la figura vestida con el mono de repartidor de la pizzería que espera en el Punto de Recogida. La puta que lo parió. A continuación se miran entre ellos. No habían esperado que el puto negro llegara antes que ellos. El plan era

[1] Este último rumor parece corroborado por el olor de dentro de la cabina.

esperarlo escondidos y que fuera Mirkka con su disfraz quien lo atrajera hasta la camioneta. La aparición inesperada con mono y casco de pizzero genera un punto ciego en el tiempo. Los tres jóvenes se limitan a quedarse sentados en la cabina de la camioneta, mirando a través del parabrisas empañado al negro, que a su vez los mira a ellos a través de la visera del casco. Con la pizza en las manos.

–Mierda, mierda, mierda –dice Mirkka a través de la tela del pasamontañas. Abre la portezuela de una patada y salta sobre la nieve.

Solamente una fracción de segundo más tarde, Aleksi y Juhani salen por el otro lado.

El Chico Negro tarda un segundo más en reaccionar. Intenta dar media vuelta a toda prisa con la pizza en brazos, pero como tiene los tobillos hundidos en la nieve, el giro le sale mal y termina cayendo de bruces. Mirkka sonríe para sus adentros mientras corre hacia él de la manera correcta, levantando mucho cada pierna y pisando fuerte con el pie bien plano. El Chico Negro no sabe caminar por Suomenlinna. No es una criatura de la nieve como ellos. Antes de que el negro pueda levantarse, Mirkka ya se ha plantado a su lado, se ha sacado la pistola de señales de debajo del anorak y ha encañonado a su presa. Nuevamente la pizza humea sobre la nieve. El Chico Negro levanta las manos. Después solamente tienen que agarrarlo de los sobacos y meterlo en la parte de atrás de la camioneta. El vehículo arranca. No ha habido testigos. Quién coño va a haber con el tiempo que hace.

Dentro de la camioneta, el retumbar del black metal hace que tiemble el suelo. Mirkka sigue apuntando al negro con la pistola de señales mientras Aleksi lo tiene agarrado por detrás y Juhani conduce y los mira por el espejo retrovisor de la cabina. De momento, el negro no da ninguna señal de haberse dado cuenta de que la pistola con que lo tienen encañonado no es una pistola de verdad.

–Quítate el casco –dice Mirkka con la voz grave de la Sacerdotisa del Mar. Una voz que tal vez guarde o tal vez no cierta semejanza profunda con las voces graves de los vocalistas del black metal.

El Chico Negro se quita el casco y los mira con cara inexpresiva.

–¿Sabes qué es esto, negro? –Mirkka se baja la cremallera del anorak y le enseña una camiseta con la bandera azul y blanca de Finlandia.

El Chico Negro asiente.

–¿Seguro que habla finlandés? –dice Aleksi–. Pregúntale como se llama el primer ministro.

–Puto negro –murmura Mirkka.

–¿Habéis visto cómo se quedaba parado delante de la camioneta? –Aleksi se levanta la parte de abajo del pasamontañas, dejando al descubierto la boca y la perilla teñida y trenzada–. Ha sido como cuando los renos se quedan parados para que los atropelles. Ha sido alucinante.

–Ha sido el plátano de la camioneta –dice Mirkka.

–Joder, sí –Aleksi asiente–. El puto plátano lo ha dejado hipnotizado.

–¿Te gustan los plátanos, negro? –dice Mirkka.

El Chico Negro se encoge de hombros. Aleksi le

atenaza el cuello con el antebrazo y aprieta hasta que la cara del Chico Negro se pone un poco azul.

–¿Te gustan los plátanos o no, *joder*?

El Chico Negro asiente, tosiendo.

–Ah –Aleksi parece satisfecho–. Ya lo sabía yo. A todos los negros les gustan los plátanos. Los plátanos y darse por el culo entre ellos.

La camioneta toma una curva bastante cerrada y por fin se para. Juhani se gira para indicarles que ya han llegado al Punto de Destino. Mirkka abre la portezuela de atrás y entre los dos cogen al Chico Negro de los sobacos y lo tiran a la nieve. La brisa ya se ha convertido en una ventisca. Están en la punta sur de Iso Mustasaari, en el espacio que queda entre la arboleda y el parapeto, a un tiro de piedra de la costa de Susisaari. Mirkka apunta con la pistola al cuerpo enfundado en un mono blanco que ahora se está retorciendo sobre la nieve.

–De rodillas –dice–. Las manos detrás de la cabeza.

El Chico Negro obedece.

–Muy bien. Ahora dime. Has venido a Suomenlinna con tu familia, ¿verdad?

El Chico Negro asiente.

–A su padre lo han puesto a trabajar en nuestro instituto –dice Aleksi.

–Pues eso no puede ser –Mirkka presiona con el cañón de la pistola en la cara del Chico Negro–. Porque en este país no queremos negros. ¿No te has dado cuenta de que a la gente no le gusta que haya negros? ¿Tenemos pinta de que nos gusten los negros?

El Chico Negro niega con la cabeza.

–Por lo menos eso lo entiende –dice Aleksi.

–Muy bien –dice Mirkka–. Ahora me vas a hacer un favor. Te vas a largar de esta isla. Y del país. Vas a decirle a tu padre y a los otros monitos que te quieres ir de aquí. Que os volvéis a Negrolandia. O adonde queráis.

–Iros a Suecia –dice Aleksi–. Allí les encantan los negros.

–Adonde sea –Mirkka mira fijamente al Chico Negro–. ¿Lo entiendes?

El Chico Negro asiente.

–¿Se lo vas a decir?

El Chico Negro asiente.

–Espera un momento –dice Mirkka–. ¿No me estarás siguiendo la corriente?

El Chico Negro no hace nada.

–Sí –dice Aleksi–. ¿Cómo estás tan seguro de que te van a hacer caso? ¿Cómo los vas a convencer?

El Chico Negro no hace nada.

Mirkka mira a Aleksi. Suspira.

–Me parece que tenemos un problema –dice.

Mirkka golpea la cara del Chico Negro con la pistola de señales. Un reguero de sangre cae sobre la nieve y funde una serie de agujeritos redondos en la superficie. Mirkka levanta la vista hacia los otros dos, impávida, magnífica. El equilibrio psicosocial se ha restablecido. Ella es la Sacerdotisa del Mar. La extraña brujería que ha unido a Antti y a Liisa acaba de quedar hecha migas. Y de pronto lo ve. Mirkka ve los ojos de Aleksi y de Juhani. Están asustados. Cuesta de creer, pero están *acojonados*, los dos. El plan que habían trazado consistía en traer al Negro hasta aquí y asustarlo, pero no especificaba hasta dónde tenían que llegar para conseguirlo. Y lo que es más, el plan no preveía lo que ahora mismo está sintiendo Mirkka. La llamada de la especie. Ese sabor metálico en la boca, esos impulsos eléctricos en el brazo que le gritan que apriete el gatillo. Las ganas de aplastarle la cabeza al negro, bajo la mirada venerable de los druidas. El restablecimiento de la tradición.

–¿Qué coño os pasa? –dice Mirkka, pero aun mientras lo está diciendo se da cuenta de que es demasiado tarde. También el Chico Negro se ha dado cuenta.

Aleksi y Juhani se miran, indecisos. Plantada en medio de la nieve con el anorak rojo abierto por encima de la bandera de Finlandia, a la luz de los faros de la furgoneta, exhalando bocanadas de vapor a través de la tela del pasamontañas, Mirkka apunta vagamente a la nieve con la pistola de señales del ferry de Suomenlinna. El Chico Negro se pone de pie. Se da cuenta de que todo se ha acabado. De que el pelotón de ejecución acaba de venirse abajo. Y se aleja andando, primero, en dirección a los árboles. Y un momento más tarde, en cuanto alcanza la nieve menos profunda, echa a correr.

–¡Eh, tú, espera! –chilla Mirkka.

El Chico Negro sigue corriendo.

Mirkka levanta la pistola de señales y dispara.

Las bengalas de señales del ferry de Suomenlinna están diseñadas para ser vistas desde toda la Bahía de Helsinki. En caso de tragedia marítima y tal. El estallido de la bengala de Mirkka los deja a todos ciegos y sordos. Mirkka es vagamente consciente de una especie de flecha incandescente y ultrarrápida que atraviesa el aire y va a clavarse con un PLOP gigante en la espalda del Chico Negro.

El Chico Negro está ardiendo.

Después de un momento de estupefacción, todos corren hasta allí.

La espalda del mono blanco de pizzero del Chico Negro se ha convertido en un manchón negro humeante y con unas cuantas llamitas que el chico termina de extinguir revolcándose en la nieve. Luego se incorpora trabajosamente hasta ponerse de rodillas. Se queda mirando a sus captores con los ojos muy abiertos a ambos lados de la nariz rota. Parece que sufre una especie de *shock*.

IO

LA SACERDOTISA DEL MAR

Exactamente un año más tarde, en la Navidad helada de 1994, en el Lejano Norte Interior, en la isla de Suomenlinna con sus lomas de color esmeralda, en el piso superior de la casa de los Rislakki, la Adolescente Problemática no es ningún símbolo de nada. Es fácil verlo porque no está haciendo nada. Está en su cama, mirando el techo. Vestida ya otra vez con su uniforme penitenciario de color fosforescente. Esperando la llegada del coche patrulla que la devolverá al correccional, después del permiso penitenciario navideño de cuarenta y ocho horas que la estúpida ley finlandesa les concede a los delincuentes juveniles que roban una pistola de señales del ferry y les disparan una bengala en el culo a los putos pizzeros inmigrantes. Por supuesto, hay algo estereotipadamente penitenciario en la forma en que Mirkka Rislakki está tumbada en su cama sin hacer nada, con las manos unidas detrás de la nuca y mirando el techo. No hace nada cuando suena el timbre en la planta baja. Y tampoco hace nada cuando alguien –su madre, a juzgar por los pasos cansinos– sube la escalera y llama a su puerta. Se limita a poner los ojos en blanco y a tirar la colilla de su cigarrillo por la ventana de guillotina entreabierta.

–Cariño –le dice la Madre desde el otro lado de la puerta.

Mirkka se sienta con los pies colgando del costado de la cama. A través de la ventana entreabierta se ve la casa de la vecina con sus estúpidas luces de Navidad y su nieve falsa pintada en las ventanas y un muñeco de Santa Claus colocado de tal manera que parece que está trepando por el tejado para meterse por la chimenea. Mirkka pone los ojos en blanco. ¿A quién se le ocurre pintar nieve falsa cuando hay medio metro de nieve de verdad amenazando con hundirte el puto tejado?

–Mirkka, cariño –repite su madre–. Ha venido alguien a verte. Es tu amigo Juhani.

Mirkka se rasca la cabeza rapada. *¿Juhani*? ¿Qué coño está haciendo ese idiota aquí? Mirkka no se imagina a nadie siendo amigo de esa morsa humana, ya no digamos a ella misma. Aunque supuestamente Juhani no tuvo que ir al correccional porque su padre contrató a un abogado caro que demostró que su hijo solamente había conducido la camioneta y no le había hecho nada al negro, la verdad es que el abogado trajo toda clase de informes médicos que decían que Juhani en realidad era medio retrasado y que siempre había sido el último de la clase en todos los cursos donde había estado y que las Cabras del Joulu lo tenían manipulado y le habían lavado el cerebro para que hiciera cosas horribles como por ejemplo conducir una camioneta robada. Y es por eso que en vez de ir al correccional a Juhani lo pusieron a hacer servicios a la comunidad. Por supuesto, piensa Mirkka mientras abre la puerta de su dormitorio, ella prefiere mil veces ir al correccional que hacer servicios a la puta comunidad. En el caso hipotético de que alguien le pidiera a ella que le limpiara el culo a un viejo, está claro que sería la última cosa que le pidieran. Y que la esponja iba a terminar en el mejor de los casos metida bien adentro del culo del viejo.

Mirkka se queda en el umbral de su dormitorio, sosteniendo la puerta abierta y mirando con cara inexpresiva las caras de su madre y de Juhani. Por fin se aparta a un lado y hace un gesto desganado con la barbilla en dirección al interior del Dormitorio. Juhani entra. La Madre se queda un momento en el rellano, con los brazos cruzados.

–Media hora, cariño –dice la Madre–. Supongo que tienes las cosas listas.

Mirkka le cierra la puerta en las narices a su Madre y luego vuelve a la cama. Se tumba sobre el edredón y regresa exactamente a la misma posición en que estaba antes de que llamaran al timbre de la puerta. Juhani permanece un momento de pie en medio de la habitación y después coge una silla y se sienta. Lleva una funda de guitarra sujeta con una correa a la espalda enorme de morsa.

–Tengo una banda –dice de pronto Juhani, y Mirkka se da cuenta de que tal vez es la primera vez que le oye hablar en varios años. Ciertamente la primera vez que le oye ofrecer tanta información de forma espontánea.

Hay un momento de silencio. Mirkka supone que si ella no dice nada, el gordo subnormal se largará antes.

–Hacemos black metal puro, no como el que ha estado saliendo últimamente –dice Juhani–. Joder, ahora pinchan black metal en la puta *radio*. Las cosas ya no son como antes.

Mirkka continúa tumbada con las manos debajo de la nuca.

–Nunca aprendí a tocar la batería –continúa Juhani–. Pero después de lo que pasó con el negro, mis padres se preocuparon mucho de que me hubiera quedado traumatizado y empezaron a tratarme de puta madre y a comprarme cosas –se encoge de hombros–. Y me compraron esta guitarra –se descuelga la guitarra del hombro y abre la funda–. Ahora compongo mis propios temas. Somos yo y un par de chavales de Helsinki. Aleksi está en el correccional y Antti se marchó. Toda su familia se fue de Suomenlinna después de lo del negro.

Mirkka es vagamente consciente de que Juhani le está enseñando su guitarra, pero no quiere mirarla para no darle la impresión de que le está prestando atención. Para su horror, Juhani coge la guitarra y se la pone como si fuera a tocar.

–Este es mi mejor tema –dice el idiota de Juhani–. Se titula «Abyss of Dark Oblivion».

Juhani se pone a rasgar su guitarra desenchufada y al cabo de un momento empieza a cantar. Su voz es satisfactoriamente cavernosa y lúgubre, un poco como la voz de la Sacerdotisa del Mar con que ella habló con el Chico Negro de la pizzería. La canción es bonita, aunque ella jamás lo admitiría delante de Juhani.

–¿Pero en qué coño de idioma estás cantando? –le dice en cambio al cabo de un momento, girándose por fin para mirarlo con una mueca de asco.

Juhani se detiene, avergonzado.

–En inglés –dice, rascándose la perilla teñida de negro–. Ahora hay muchas bandas de black metal que cantan en inglés. Hasta Mayhem cantan en inglés. Dicen que va a ser el idioma del black metal.

Mirkka suelta un soplido de irritación. Enciende un cigarrillo y se queda mirando las volutas de humo que flotan sobre la cabecera de su cama. En su silla junto a la cama, Juhani se pone a tocar otra canción. Y cuando termina, otra. Si alguien observara a través de un agujero lo que está pasando en el Dormitorio Adolescente de Mirkka Rislakki, sin conocer las circunstancias exactas del encuentro, llegaría tal vez a la conclusión de que Juhani está velando a una amada enferma, interpretando canciones de amor para ella. Joder, piensa Mirkka, espero que este gordo retrasado no me salga ahora con que está enamorado de mí o algo parecido. Al cabo de tres canciones, un coche se detiene delante de la puerta de la casa de los Rislakki. El resplandor estroboscópico de las luces azules y rojas del coche patrulla de la policía se proyecta sobre el cristal escarchado de la ventana del Dormitorio Adolescente. Sobre el fondo del cielo de color púrpura oscuro de media tarde.

–Mirkka –la llama su Madre, llamando a su puerta.

Juhani deja de tocar y se dedica a guardar en silencio su guitarra en la funda. La puerta se abre y los padres de Mirkka aparecen en el umbral del dormitorio. Mirkka se levanta de la cama y recoge su macuto penitenciario.

Al pie de las escaleras, su padre se detiene y se vuelve hacia Mirkka. Su cara de consternación es la cara que pone siempre Mika Pequeño en los Momentos de Tremenda Transcendencia Familiar. Tócate los cojones. Lo único que ella quiere es saltarse toda la sensiblería estúpida y estar ya en su celda del correccional.

–Mirkka, cariño –dice su padre. Sabemos que hemos cometido muchos errores. En nueve meses hemos tenido tiempo de recapacitar. Hemos estado haciendo terapia, en Helsinki, con una especialista en terapia familiar.

–Hasta tu hermana ha venido a algunas sesiones.– La Madre sonríe.

–Creemos que no te hemos dado un buen entorno para crecer –dice Mika Pequeño–. Esta isla, ya sabes cómo es. Vivimos aislados del mundo. Para qué vamos a engañarnos. Fuimos egoístas al decidir criaros aquí. Los jóvenes no tienen nada que hacer en Suomenlinna. Por eso se dedican a beber –hace una especie de gesto de impotencia con las manos–. No hay amplitud de miras. ¿Qué amplitud de miras va a haber? Aquí sólo hay piedras y cañones.

Mirkka se limita a mirar fijamente la puerta mientras su padre habla.

–Queremos decirte que lo pasado, pasado está– dice el padre, en tono concluyente–. No vamos a hablar de lo que pasó. Eso está claro.

–Por nuestra parte, está todo olvidado –dice la Madre. Y antes de que Mirkka pueda hacer nada, la madre se le acerca y la abraza con todas sus fuerzas. Madre e hija permanecen así, fundidas en un abrazo silencioso, durante un minuto. La cara de Mirkka apartada de la cara de su madre, mirando la puerta con expresión neutra, controlando un espasmo que hormiguea en la región de su estómago. Después sus ojos se entreciерran de forma apenas visible. Su boca esboza una sonrisa que nadie ve.

Ya no tiene sentido explicarles a sus padres que ya no son su familia. Que una familia de verdad es un árbol. Un árbol milenario. Hecho de pescadores y de druidas. No de tipos que trabajan limpiando un museo. Pero si el Árbol Familiar es el Cuarto Elemento de la Mitología del Norte, y si ahora su familia la ha detenido junto a la puerta para la confrontación final, entonces es el momento de que la Adolescente Problemática se despoje de su manto y muestre su naturaleza verdadera. Magnífica con su pelo corto y sus piernas musculosas. Con su piel grasienta y los granos parecidos a inflamaciones locales que tiene a los lados de la cara. Con su cuerpo robusto y un poco masculino. Es la Sacerdotisa del Mar. La Sanadora. Con poder para hablar con los pequeños animales. Para hacer pócimas con las plantas. La Envenenadora. El Quinto y Último Elemento de la Mitología del Norte. La que se desprende del árbol familiar enfermo. Para curar la tierra con sus lágrimas.

Fuera, las luces estroboscópicas del coche patrulla iluminan los remolinos de la ventisca. Con su macuto y su uniforme penitenciarios, Mirkka sale a la tarde oscura y helada. A lo lejos, la sirena del ferry anuncia que faltan quince minutos para zarpar. Ya no tiene sentido contarles a sus padres la Verdad del Norte. Que es el país más hermoso de la mente. Con sus lomas de color esmeralda y sus paisajes nevados. Porque Norte y Sur son las únicas verdades absolutas. Planta un árbol, susurra ahora la Sacerdotisa del Mar, aunque hay que saber oír para entender su voz. Quienes no saben oír solamente oyen el viento del Mar. Planta un árbol y protégelo. Y expulsa al parásito pestilente. Prende fuego a su cuchitril. Acribilla a su camada de hijos-rata. Quémalos dentro de hombres de mimbre. Una fogata para avisar a los extranjeros. El hombre que sabe es el hombre al que amo.

Y luego ven a verme.

Estoy aquí, en el Lejano Norte de tu mente. En el Círculo Ártico de tu alma. Aquí la naturaleza está desnuda. Busca mi cabaña entre los prados de color esmeralda, entre las brumas del mar helado.

Y cuando la encuentres, cuenta hasta cinco.

dawn of the black hearts

Gran Via Carles III, 94 - 08028 Barcelona
www.alphadecay.org

Primera edición: septiembre de 2010

Diseño de la cubierta: Javier Arce
Ilustración de cubierta: Carmen Burguess

Corrección ortotipográfica: Dinah Robledillo

Composición: Sergi Gòdia
Impresión: Imprenta Kadmos

ISBN: 978-84-92837-05-2
Depósito legal: S. 781-2010

Esta
edición,
primera, de
Suomenlinna, se
terminó de imprimir
en Salamanca en el
mes de agosto
del año
2010